A história de Nicolas I, Rei do Paraguai e Imperador dos Mamelucos

FUNDAÇÃO EDITORA DA UNESP

Presidente do Conselho Curador
Mário Sérgio Vasconcelos

Diretor-Presidente
Jézio Hernani Bomfim Gutierre

Superintendente Administrativo e Financeiro
William de Souza Agostinho

Conselho Editorial Acadêmico
Carlos Magno Castelo Branco Fortaleza
Henrique Nunes de Oliveira
João Francisco Galera Monico
João Luís Cardoso Tápias Ceccantini
José Leonardo do Nascimento
Lourenço Chacon Jurado Filho
Paula da Cruz Landim
Rogério Rosenfeld
Rosa Maria Feiteiro Cavalari

Editores-Adjuntos
Anderson Nobara
Leandro Rodrigues

Coleção
PEQUENOS FRASCOS

Anônimo

A história de Nicolas I, Rei do Paraguai e Imperador dos Mamelucos

seguido de

Últimas notícias vindas do Paraguai

Organização e tradução
Fernanda Veríssimo

© 2017 Editora Unesp
Título original: *Histoire de Nicolas I,*
Roy du Paraguai, et Empereur des Mamelus /
Lettere ultime del Paraguai

Direitos de publicação reservados à:
Fundação Editora da Unesp (FEU)
Praça da Sé, 108
01001-900 – São Paulo – SP
Tel.: (0xx11) 3242-7171
Fax: (0xx11) 3242-7172
www.editoraunesp.com.br
www.livrariaunesp.com.br
feu@editora.unesp.br

Dados Internacionais de Catalogação na Publicação (CIP)
Vagner Rodolfo CRB-8/9410

H673
A história de Nicolas I, Rei do Paraguai e Imperador dos Mamelucos: seguido de Últimas notícias vindas do Paraguai / anônimo; traduzido e organizado por Fernanda Veríssimo. – São Paulo: Editora Unesp, 2017. Coleção Pequenos Frascos
Tradução de: *Histoire de Nicolas I, Roy du Paraguay et Empereur des Mamelus*
ISBN: 978-85-393-0710-4

1. Literatura Francesa. 2. Século XVII. 3. Nicolas I. I. Veríssimo, Fernanda. II. Título. III. Série.

2017-599	CDD 840
	CDU 821.133.1

Editora afiliada:

Asociación de Editoriales Universitarias
de América Latina y el Caribe

Associação Brasileira de
Editoras Universitárias

Sumário

9 . *A história de Nicolas I, Rei do Paraguai e Imperador dos Mamelucos*

11 . *Aviso do livreiro*

15 . *Capítulo I*
O nascimento de Nicolas Rubioni

17 . *Capítulo II*
Falcatruas de Rubioni

19 . *Capítulo III*
Rubioni lacaio

21 . *Capítulo IV*
Rubioni muleteiro

27 . *Capítulo V*
Rubioni em Málaga

31 . *Capítulo VI*
Nicolas vira jesuíta

33 . *Capítulo VII*
Irmão Nicolas enamora-se perdidamente de uma jovem espanhola

37 . *Capítulo VIII*
Irmão Nicolas casa-se na frente de toda a cidade

41 . *Capítulo IX*
A revolta do irmão Nicolas e de alguns outros irmãos jesuítas

43 . *Capítulo X*
Irmão Nicolas embarca para a América

45 . *Capítulo XI*
Irmão Nicolas chega a Buenos Aires

47 . *Capítulo XII*
Revolta dos índios

53 . *Capítulo XIII*
Os missionários são expulsos da Ilha de S. Gabriel

57 . *Capítulo XIV*
Nicolas se faz proclamar Rei do Paraguai

59 . *Capítulo XV*
Conquistas de Nicolas I

65 . *Capítulo XVI*
Combate entre Nicolas I e quatro reduções que o perigo reuniu

77 . *Capítulo XVII*
Nicolas I, reconhecido Rei do Paraguai e Imperador dos Mamelucos

79 . *Últimas notícias vindas do Paraguai*
81 . Nota da tradutora
83 . Aviso ao leitor
85 . Diário: Do que aconteceu a Nicolas, chamado Rei do Paraguai e Imperador dos Mamelucos, de 16 de junho a 19 de agosto de 1754, extraído de duas cartas, de 4 de setembro e 9 de novembro de 1754
107 . Artigo de carta enviada de Madri para Roma no 29 de julho de 1756 e traduzida do espanhol

109 . *Posfácio* – Fernanda Veríssimo

A história de Nicolas I, Rei do Paraguai e Imperador dos Mamelucos

Aviso do livreiro

Não ignoro os defeitos da história que apresento ao público; eles me foram assinalados com frequência. Eu deveria ter cuidado que se retirassem dela todas as falhas, repetições de frase, negligências de estilo etc. Eu poderia mesmo, facilmente, tê-la expandido e embelezado; mas compreendi que me seria mais útil, e mais agradável ao público, oferecê-la tal qual a recebi. Um bom piloto, homem mais sensato que sábio, redigiu-a a partir do que pessoas sábias e conhecedoras deste caso singular lhe declararam e daquilo que ele mesmo viu. O tom marinho e mesmo o tom selvagem que ganhou esta história, nos mares onde ela se deu e além, só podem agradar aos conhecedores, assegurando a verdade e os meus ganhos.

É bom ainda avisar que tudo o que as gazetas publicam a respeito de Nicolas I é absolutamente falso e destituído de verossimilhança, como veremos por esta história.

As memórias recém-chegadas do Novo Mundo permitem-nos apresentar ao público o famoso Nicolas I, Rei do Paraguai e Imperador dos Mamelucos. Acreditamos que sua história se tornará tanto mais interessante à medida que descobrirmos, assombrados, um homem ambicioso, nascido numa choupana, conceber os mais vastos projetos, seguir um plano bem traçado, que seria o orgulho dos mais experientes políticos, prever os inúmeros inconvenientes que se oporiam a suas intenções, analisar o coração dos homens, fazendo por meios escusos com que sirvam a sua grandeza, e assim alçar-se do estado mais abjeto ao poder supremo.

Esta obra servirá também para provar a verdade desta máxima: *Que os grandes celerados são quase sempre homens geniais*, e que aquele que morre sobre o cadafalso talvez fosse incluído no Templo da Imortalidade, ao lado de heróis amigos da humanidade e da pátria, se a virtude tivesse exercido sobre seu coração o poder que sobre ele exerceu o crime. Que general de exército, que ministro, que Cromwell!, não fosse ele um fanático, e se sua mão, em vez de acariciar a hidra da rebelião, tivesse combatido pela boa causa. Tantos outros audazes, cujos nomes fazem hoje tremer o bom cidadão, seriam modelos de coragem e lealdade se inspirados pelo patriotismo, e se não houvessem ultrapassado os limites do rigoroso dever.

Capítulo I

O NASCIMENTO DE NICOLAS RUBIONI

Nicolas Rubioni nasceu em 1710 em um pequeno burgo da Andalusia chamado Taratos. Seu pai era um velho militar que falava com frequência dos combates e dos sítios em que estivera, e não dedicava muito tempo à educação dos filhos; assim, tornaram-se quase todos o flagelo e o tormento de sua velhice. Nicolas trouxe, ao nascer, as inclinações as mais perversas e corrompidas. De resto, como os detalhes de sua infância nada têm que seja digno da atenção do público, observaremos apenas que ele, aos dezoito anos, depois de tentar assassinar um cidadão, foi obrigado a deixar sua vila natal, nada levando da casa paterna além de duas pistolas e um anel de valor bastante elevado que pertencia a sua mãe.

Capítulo II
Falcatruas de Rubioni

Foi em Sevilha que Rubioni se refugiou. Lá chegando, vendeu o anel e as pistolas, que a necessidade tornava inúteis, pois era preciso viver e naquela cidade não tinha conhecidos. O pouco dinheiro arrecadado com o roubo doméstico não tardou a ser comido. Ao ver-se absolutamente sem recursos, passou a frequentar as praças de jogos e as igrejas. Quem acreditaria que isso o manteria vivo durante quase quatro anos? Seu sucesso devia-se a um método particular: nos cafés e nos jogos de tênis real, ele usava de muito atrevimento, e nas igrejas era hipócrita e muito correto.

Entretanto, ao completar 22 anos, Rubioni, que tinha boa fisionomia e um ar modesto quando queria agradar, achou que devia tomar uma atitude. Sentia que nascera para habitar uma grande casa; pois note-se que ele sempre procurara viver à sua guisa e sem fazer nada. Ele então integrou o lar de uma devota na qualidade de lacaio: havia tempo essa devota demonstrava-lhe afeição: amiúde vira-o nas igrejas e fora tocada por tamanha devoção, realçada pelo esplendor da juventude e pela força da idade. Soube-se mais tarde que uma mulher do povo estaria metida nesse enlace, e que teria incitado Rubioni a buscar serviço junto à d. Maria Della Cupidita.

Capítulo III
RUBIONI LACAIO

Em menos de oito dias como lacaio, percebia-se que Rubioni já começara bem sua nova condição. Ele não obedecia a quase nenhuma ordem de d. Maria. Ao contrário, tomava ares senhoriais que não tardaram a ser notados. A casa da devota tornou-se sem demora o ponto de encontro dos amigos de Rubioni. Ele os alimentava insolentemente na casa da patroa; e, ainda mais, longe de considerá-lo maldoso, a senhora Della Cupidita ordenava a seu cozinheiro que fizesse aquilo que *Medelino* (pois era esse seu novo nome) julgasse apropriado pedir; que ela tinha suas razões para tal; que esse rapaz não era o que parecia; que, enfim, era essa a sua vontade e que não a fizessem repetir. Entretanto, a reputação da boa dama sofria um pouco. Parecia singular à sociedade que uma viúva de quarenta anos fosse tão caridosa, e que um lacaio de 22 ou 23 anos tivesse tamanho poder sobre o espírito de uma devota. A situação chegou a tal grau de excesso que, finalmente, em 1733, um irmão de d. Maria, coronel de um regimento da Cavalaria, foi obrigado a ir a Sevilha para expulsar o infeliz e fazer cessar o escândalo.

Capítulo IV
RUBIONI MULETEIRO

Forçado a deixar Sevilha, Rubioni refugiou-se num burgo a 4 ou 5 milhas de distância. Esperava que os granadeiros acabassem voltando ao Exército, e que talvez pudesse retornar à casa de d. Maria; dois ou três meses depois de sua partida, no entanto, morre a devota, não se sabe se de amargura ou de vergonha pelo escândalo; nosso aventureiro, sem saber que caminho tomar, ligou-se a um camponês que possuía vinte ou trinta mulas de transporte e levava tanto grãos como tecidos de uma cidade a outra. Fez-se, assim, condutor de mulas, tornando-se em pouco tempo o mais insolente e desabusado entre todos os que exerciam tal função. Seu maior talento, sem dúvida, era o de discursar fervorosamente contra todos os costumes estabelecidos; e como possuía naturalmente muita inteligência e ardor, persuadia com demasiada facilidade os crédulos camponeses, que o escutavam como a um oráculo e aplaudiam tudo o que ele dizia.

Certo dia, sugeriu aos colegas que, em vez de pagar as taxas de entrada, guardassem o dinheiro para beber. A proposta foi recebida com avidez, e ficou decidido que se armariam de bastões – e que estes seriam a moeda com a qual pagariam os agentes. Rubioni foi escolhido para lançar as palavras, e os primeiros golpes, se necessário fosse.

Quando os muleteiros chegaram à porta de Medina-Sidonia, os agentes não deixaram de exigir, de acordo com o costume, os direitos devidos ao rei. Um deles aproximou-se para a inspeção. *Estás morto*, gritou Rubioni, dando-lhe um golpe de chicote na cabeça, fazendo voar os miolos do infeliz funcionário, que caiu morto a seus pés. Dois outros agentes, testemunhas do assassinato, empunharam suas espadas e gritaram por socorro. No mesmo instante, os muleteiros lançaram sobre eles uma chuva de pedras. Os vidros do escritório foram quebrados, os registros destruídos, a caixa pilhada, e os guardiões da porta obrigados a fugir.

Rubioni e seus companheiros entraram triunfantes na cidade, vangloriando-se de terem abolido os impostos. Seu primeiro instinto foi o de ir gastar na bodega o dinheiro dos tributos. Assim que adentraram o estabelecimento, foram informados que cinco ou seis cavaleiros tinham ordens de aprisioná-los a uma milha da cidade, quando voltassem a suas casas. O aviso assustou a tal ponto os intrépidos muleteiros que o chefe da operação, tendo lido em seus rostos o pavor que os tomava, convenceu-se que tal gente poderia muito bem abandoná-lo frente ao perigo, e que seria mais sensato retirar-se sem demora dessa situação.

Nada disse sobre tal resolução secreta aos companheiros; ao contrário, convencendo-os de que quinze homens poderiam facilmente vencer seis, tranquilizou-os e disse que sairia para comprar pistolas de bolso, a fim de que estivessem prontos para enfrentar os inimigos.

De fato, saiu: mas foi para passar na casa de uma velha, sua conhecida, que frequentemente lhe emprestava disfarces variados, sob os quais de tempos em tempos aplicava bons golpes pelas grandes estradas. Pois, quando estava sem trabalho junto ao chefe muleteiro, achava pretextos para ir a Medina-Sidonia e esvaziava os bolsos dos passantes. Da coleção da malfeitora, escolheu então um traje de franciscano, e assim travestido tomou audaciosamente a estrada onde sabia que estavam postados os seis cavaleiros. O caporal, acreditando ver um religioso, perguntou se ele não vira os muleteiros pelo caminho. *Senhor*, respondeu Rubioni, *parece que vocês foram traídos e que aqueles canalhas já estão a caminho de Córdoba.*

Enganado pela falsa confidência, o caporal partiu com sua tropa a toda velocidade e, dizem, correu até chegar àquela cidade. Vendo o sucesso do golpe, Rubioni voltou prontamente a Medina-Sidonia, deu parte aos muleteiros de tudo o que havia ocorrido, aconselhou-os a voltarem a suas casas e reconduziu sozinho as mulas até seu patrão, de quem se despediu depois de tê-lo feito pagar suas *despesas*. Ele tratara de receber mil piastras de um mercador e não as repassou ao camponês ao qual servia. Assim, partiu levando consigo a estima e o dinheiro de João Hurpinos, que só mais tarde descobriu que Nicolas Rubioni levara a maior parte de seus bens depois de assassinar um agente.

Capítulo V
RUBIONI EM MÁLAGA

Rubioni precisou ser muito cauteloso para chegar a Málaga. Mesmo acreditando estar seguro nessa cidade, julgou ser melhor rechaçar o famoso nome de Rubioni e fazer-se chamar apenas Nicolas. Misturado, em Málaga, à tropa de estrangeiros que frequenta essa cidade e negocia em seu porto, ele ali viveu durante quase dez anos, não tendo para isso mais do que as dez mil libras de Hurpinos e muita engenhosidade. Suas finanças diminuíam dia a dia; e é de fato um prodígio que, tendo se dedicado ao jogo, tivesse conseguido subsistir tanto tempo: mas ele era hábil, como já havíamos notado.

No entanto, em 1743, encontrando-se novamente sem um tostão, decidiu frequentar mais uma vez as igrejas: mas como era por demais conhecido em Málaga para interpretar o papel de homem iluminado, achou melhor trocar o lugar da representação. Correu assim de cidade em cidade, fixando-se enfim em Saragoça, onde os jesuítas têm uma linda casa.

Por mais que bancasse o santo naquele lugar, não achou devota alguma, e menos ainda bolsas a rasgar. Diz-se que os aragoneses estão sempre de guarda com relação aos bolsos; e também que aqueles que têm dinheiro são tão desconfiados que é impossível chegar a cem passos deles.

Vendo que o céu de Aragão se nublava para ele, e que poderia mesmo chegar a morrer de fome, decidiu enfim, após dois anos passados na mais extrema indigência, abraçar uma situação sólida que lhe assegurasse ao menos o que comer e vestir. Estava cansado da vida errante e vagabunda que levava havia tanto tempo: pesavam-lhe ainda os acontecimentos de Medina-Sidonia, e ele temia ser preso a todo instante. A vida dos religiosos daquele país, sobre a qual havia lido em seus momentos de tranquilidade, tocara-o; e, como era um homem determinado, julgou que vivendo como eles poderia tornar-se igual a eles.

Tais reflexões, fortalecidas pela cruel necessidade, levaram-no a pedir o seu ingresso numa casa religiosa.

Capítulo VI
NICOLAS VIRA JESUÍTA

Nicolas apresentou-se ao reitor dos jesuítas para ser recebido na Companhia na qualidade de irmão. Disse que sabia cozinhar, que era, além disso, forte e vigoroso, e que o empregassem como julgassem adequado. O reitor, depois de hesitar por causa da idade de Nicolas, que tinha 39 anos, achou por bem testá-lo por ao menos três meses. Ao final desse período, acreditando reconhecer nele doçura, modéstia e, acima de tudo, uma grande vocação para a Ordem, enfim o recebeu e o enviou ao noviciado. Comportou-se tão bem que pareceu evidente tratar-se de um verdadeiro bom sujeito, e, como ele solicitava o direito de fazer seus votos, não houve oposição. Foi em seguida enviado a um colégio da Companhia, onde ficou encarregado da despensa. Como tinha dinheiro em abundância e ninguém a quem prestar contas, pois aparentava ser o perfeito religioso, reanimaram-se todas as suas paixões, e ele buscava satisfazê-las sem o menor escrúpulo. Dedicava-se apenas a manter as aparências. Obrigado a fazer as provisões, distanciava-se frequentemente 12 ou 15 léguas da cidade, sob o pretexto de buscar melhores preços. Por parecer muito econômico, mesmo que empregasse em seus prazeres mais de mil escudos por ano, persuadira a todos que as finanças da casa jamais haviam sido tão bem administradas. Mais uma prova de que homens esclarecidos podem cair nos contos de um malandro.

Capítulo VII
Irmão Nicolas enamora-se perdidamente de uma jovem espanhola

Em suas diversas viagens, irmão Nicolas teve a oportunidade de ver muitas vezes uma jovem de quinze ou dezesseis anos, filha única de um rico mercador estabelecido em Huesca. Ela se chamava d. Victoria Fortieri. Uma grande modéstia acrescia-se a sua rara beleza, e como de resto trazia um dote bastante honesto, era cobiçada pelos jovens das melhores famílias da cidade.

Quem pode acreditar que Rubioni, irmão Nicolas, teria imaginado entrar nessa competição? No entanto, foi o que ele fez. E, para infelicidade da bela Victoria, foi muito bem-sucedido.

É preciso desenvolver essa intriga para fazer conhecer o personagem.

Irmão Nicolas alugou um apartamento próximo à casa de d. Victoria. Começou, antes de qualquer coisa, a encomendar belas roupas para si; e, como não era conhecido naquela cidade, mostrou-se com a aparência de um laico e tentou introduzir-se na casa do sr. Fortieri. Não demorou a tornar-se um dos melhores amigos do mercador, o qual, sendo um homem perfeitamente honesto, foi enganado pela aparência de probidade do outro.

Irmão Nicolas fez-se passar por um cavalheiro da Andalusia que vendera seu regimento e um pouco de seu patrimônio para viver tranquila e confortavelmente: até insinuou que, caso encontrasse em Huesca alguém que lhe conviesse, fixar-se-ia de bom grado na região de Aragão, onde se sentia bem melhor que em sua terra natal.

Entretanto, como não podia afastar-se por mais de três ou quatro dias seguidos de seu convento, retomava regularmente o hábito de Santo Inácio e partia, durante a noite, da cidade onde vivia a charmosa Victoria. Continuou nesse carrossel durante quase seis meses, e parecia ter tantos papéis e documentos que o sr. Fortieri, que não aprofundava muito as coisas, acreditou que aquele seria um ótimo partido para sua filha.

Capítulo VIII
Irmão Nicolas casa-se na frente de toda a cidade

Este infame sedutor ousou então, à despeito de seus votos, editar os proclamas[1] sob o nome de Conde de la Emmadès, e casar-se à vista de toda uma cidade onde ele poderia ser reconhecido a qualquer instante.

Viveu com d. Victoria quase um ano, até 1752, quando seus superiores, tendo percebido algo de suspeito em sua conduta, julgaram melhor enviá-lo a 40 léguas de Saragoça, para ser porteiro de um noviciado.

---

1 Anúncio de casamento, lido ou exibido na igreja em data anterior à cerimônia. (N. T.)

A mudança foi um duro golpe para o irmão Nicolas, que via assim atrapalhados todos os seus projetos. Pois mesmo que se dissesse eternamente envolvido em negócios urgentes para justificar suas longas e frequentes ausências, estava com d. Victoria duas ou três vezes ao mês, e passava vários dias seguidos ao lado dela. Tinha inclusive o cuidado de prover-lhe, *às custas da Companhia*, tudo o que fosse necessário. Viu-se então obrigado a abandoná-la para sempre, deixando-a grávida de um menino o qual ela deu à luz cinco meses e meio depois de sua partida.

Irmão Nicolas estava bem ciente de que seu segredo viria à tona, e que não estava a salvo na Espanha. Nessa estranha situação, bem queria ele abandonar o hábito e a pátria; mas como suas ações tornavam-se conhecidas e ele não tinha dinheiro, pois não pudera levar o dote da senhorita Fortieri, pediu para seguir os missionários que partiam para a América. A permissão veio sem pena, pois ele havia sido desmascarado e consideraram que esta seria uma boa maneira de livrar-se de uma questão assaz complicada. Enquanto esperava a partida dos reverendíssimos padres, foi posto por alguns meses em uma casa sem nada com que se ocupar.

Capítulo IX
A REVOLTA DO IRMÃO NICOLAS E DE ALGUNS OUTROS IRMÃOS JESUÍTAS

Foi por esta época, no começo de 1753, que os padres da Sociedade decidiram fazer-se distinguir dos irmãos laicos no interior de suas casas. Parecia simples praticar o que já era de uso entre os jesuítas na França e em vários outros países, ou seja, aprovar um regulamento que obrigava os irmãos laicos a usar um chapéu o tempo todo.

Notícia dessa inovação chegou aos ouvidos dos numerosos irmãos da casa onde estava o irmão Nicolas. Reuniram-se em seguida, em tumulto, e deliberaram o que convinha fazer em circunstâncias tão delicadas e tão críticas. As opiniões divergiram quanto ao partido a tomar: finalmente, o irmão Nicolas declarou que, se queriam forçá-los a portar o fatal chapéu, era preciso provar aos superiores que os irmãos, mesmo sendo irmãos, não têm menos autoridade na Companhia do que os padres, e que, se persistisse a exigência de coisa tão sem sentido, deveriam deixar a Sociedade e botar fogo no convento.

Os irmãos, ainda que irritadíssimos, rejeitaram essa opinião, por ser ela violenta demais, e buscaram provar aos padres jesuítas que as coisas deveriam ficar como estavam e, para tanto, pensaram no seguinte expediente.

Todas as portas exteriores da casa foram fechadas. O serviço costumeiro foi interrompido. Os irmãos não fizeram pão nem cozinharam, de modo que os padres, esfaimados, corriam o risco de pagar caro o privilégio exclusivo do boné, até que o padre reitor, que era homem prudente e via inflamarem-se os espíritos, prometeu nada mudar até que o reverendo padre geral se pronunciasse a respeito de matéria tão grave e importante.

Capítulo X
Irmão Nicolas embarca para a América

Enquanto isso, o sr. Fortieri, que não via o genro havia quase um ano, indagava de todos os lados, escrevia a todos os amigos e a todos os cantos da Espanha para conseguir alguma notícia.

D. Fortieri, principalmente, vivia numa inquietude mortal. Não sabia a que atribuir a ausência daquele que ela acreditava ser seu marido. Pois é preciso notar que, apesar de repleto de vícios grosseiros e defeitos sem número, esse celerado soubera disfarçar-se tão bem para Victoria que ela não pudera ver nele nada além de um marido atencioso, fiel e complacente.

Irmão Nicolas ouviu falar de sua história em Cádis, onde os missionários esperavam pelo embarque, e, mesmo que fosse difícil imaginar que ela o envolvesse diretamente, não pôde deixar de inquietar-se; e não se sentiu verdadeiramente à vontade até chegar a mar aberto. A travessia foi feliz, e os missionários chegaram ao seu destino depois de três meses e meio de navegação.

Capítulo XI
IRMÃO NICOLAS CHEGA A BUENOS AIRES

Desembarcaram em Buenos Aires, capital do Rio da Prata. Ocorriam então nessa cidade algumas mobilizações que só com dificuldade foram controladas. Elas haviam sido ocasionadas por um tratado que acabava de ser assinado em Madri e Lisboa. O Rei Mui Fiel cedia ao Rei Católico a Ilha de São Gabriel, e a Corte da Espanha dava em troca algumas províncias vizinhas do Brasil.[2]

---

2 Tratado de Madri, concluído entre Espanha e Portugal em 1750. A Ilha de São Gabriel é a atual Colônia de Sacramento, no Uruguai. (N. T.)

Essas circunstâncias pareceram apropriadas ao irmão Nicolas para fazer desabrochar os horríveis projetos que acalentava havia bastante tempo. No entanto, como temia a influência dos jesuítas, e como podia ser preso tanto em Buenos Aires como em Madri, pois a cidade é muito bem governada, disfarçou-se e entrou muito prontamente na nova colônia, chamada Ilha de São Gabriel. Mal acabara de chegar e, como já tinha seus desígnios, aplicou-se unicamente a aprender a língua indígena. Trata-se de um jargão bárbaro que, não estando sujeito a quaisquer princípios, é consequentemente muito difícil de dominar.

Depois de alguns meses, no entanto, Nicolas aprendera o suficiente para se fazer entender por aqueles que desejava ter como partidários. Aplicava-se sobretudo a conquistá-los, distribuindo aos mais importantes dentre eles licores fortes, dos quais havia feito uma ampla provisão em Cádis, em nome dos missionários, e que conseguira fazer chegar à Ilha de São Gabriel.

Capítulo XII
Revolta dos índios

Nicolas começou por insinuar-se facilmente em seus espíritos e, como os naturais do país eram em muito maior número que os portugueses naquela colônia, tratou de despertar no fundo de sua alma esses sentimentos de ódio que os europeus fazem nascer por conta de sua desumanidade. Mostrou-lhes que seriam os únicos prejudicados por aquela troca; que, uma vez sob a dominação espanhola, deveriam esperar a escravidão e a morte, pois os espanhóis, persuadidos de que haviam ajudado os portugueses a fortificarem-se naquela ilha, e a nela se manterem por tanto tempo, pretendiam obter a vingança mais extraordinária, e a mais capaz de doravante manter os povos na obediência e no dever.

Essa teia de imposturas, apresentada com aparências de realidade a povos naturalmente crédulos e receosos, acendeu em seus corações a mais estranha fúria. Não saberíamos retratar os horrores que cometeram então nessa desventurada ilha. Os portugueses foram quase todos massacrados. Nicolas acreditara que devia fazer cair sobre eles os primeiros golpes dos índios, a fim de que se tornassem irreconciliáveis com o resto da nação. É suficientemente sabido, sem que o diga aqui, que nada se compara à antipatia que os índios naturalmente têm pelos espanhóis e pelos portugueses: mas, devemos admiti-lo, não sem razão. Quem de fato ignora que os europeus, quando de suas conquistas no Novo Mundo, ali estabeleceram sua dominação, imolando à sua raiva milhões de infortunados selvagens, cujo único crime fora o de combater pela religião de seus pais e pela pátria. Aqueles deixados vivos foram reduzidos à escravidão e confinados em minas, onde a avareza insaciável de seus novos mestres os sobrecarregava de trabalho e maus-tratos. É daí que nasceu no coração dos índios, fugidos dos ferros dos vencedores, esse ódio implacável que juraram contra eles. Suas almas, atormentadas pelo espetáculo assustador de crimes desconhecidos no seio da barbárie, não podem ser tocadas pelas propostas que lhes são feitas de tempos em tempos, para instruí-los nas verdades santas da religião. Mesmo o exemplo das prósperas reduções* que os jesuítas estabeleceram no meio das florestas, e nos lugares os mais selvagens, não os impressiona. Mal acreditam em seus semelhantes quando estes lhes pintam a felicidade da qual gozam nesses novos estabelecimentos. Extremamente receosos, desconfiam de tudo que vem de estrangeiros. Acreditam sempre que sua liberdade está ameaçada e que se preparam armadilhas para reduzi-los à servidão.

Sem dúvida, a infelicidade dos índios logo cessaria se as sábias ordenanças dos reis de Espanha

---

* Como são chamados os cantões que são espécies de paróquias governadas pelos jesuítas.

e de Portugal fossem executadas. Mas é um inconveniente quase inevitável, num país tão afastado da corte e dos olhos dos ministros, que sempre haja grande número de oficiais subalternos que, para enriquecer, não hesitam em cometer as injustiças mais gritantes.

Não é que a visão dos chefes não seja pura: mas, como são obrigados a atentar para tantos pequenos detalhes em meio a pessoas sem valores, sem probidade e sem humanidade, eles não podem reprimir todas as desordens; de sorte que esses pequenos tiranos, sob o pretexto de fazer valer as leis, fazem trabalhar os índios sem repouso e sem cuidado. É impossível descrever os excessos que cometem contra esses infortunados escravos. Os comandantes, que apenas sonham enriquecer, e pouco delicados quanto aos métodos de consegui-lo, só consideram um homem enquanto ele contribui para sua fortuna pelo trabalho atual. Em consequência, pouco se importam com a conservação dos índios; pois se estes morrem, a perda é do rei. Vem daí que a maioria dentre eles, entregue ao desespero, procura todas as maneiras imagináveis de escapar dos subterrâneos nos quais são tratados tão cruelmente. Se o conseguem, são para espanhóis ou portugueses inimigos irreconciliáveis.

Juntam-se com frequência e, armando-se de tudo o que a raiva põe em suas mãos, trazem a desolação, a carnificina e a morte até mesmo ao interior dos estabelecimentos de seus antigos mestres.

Nicolas, vendo que seus cruéis desígnios funcionavam ainda mais do que ousara imaginar, tomou o Forte do Santo Sacramento e ali se resguardou com todo o cuidado possível. Confiou o governo a um índio que lhe pareceu apropriado, por todos os crimes com os quais se maculara a seus olhos. Os mais audaciosos eram seus mais caros confidentes. Eram estes que ele nomeava, na língua deles, *os filhos do sol e da liberdade*.

Capítulo XIII
Os missionários são expulsos da Ilha de S. Gabriel

Os missionários, testemunhas do terrível massacre que os índios haviam acabado de cometer, refugiaram-se na principal igreja da ilha e trataram de acalmar, com os argumentos mais poderosos da religião, o pavor e o susto daqueles que haviam buscado a salvação aos pés dos altares. Esperavam a morte e encorajavam seus tristes companheiros de infortúnio.

Nicolas, a conduzir uma tropa de furiosos, aproxima-se desse templo augusto, a fúria estampada na face e a blasfêmia na boca. Ia entrar e sem dúvida manchar-se com os mais horríveis sacrilégios quando o padre Mascares, dando ouvidos apenas aos impulsos de seu zelo e de sua caridade, apresentou-se, com o crucifixo à mão, à porta da igreja e falou nestes termos a tal horda de bárbaros e a seu ímpio condutor: "Reconhecei vosso Deus, vossos Padres e temei seus castigos!".

Essas poucas palavras, pronunciadas com a energia e o *páthos* que só a religião pode inspirar, detiveram de um só golpe os bárbaros e pareceram petrificá-los de medo.

Nicolas apercebeu-se disso e respondeu altivamente ao zelo do missionário, que ninguém ousasse sair sem seu consentimento, e retirou-se a uma praça vizinha onde, tendo organizado seus soldados em ordem de batalha, mandou dizer aos jesuítas que viessem prestar-lhe contas de suas condutas.

Os padres foram em procissão até a praça. Acreditavam que esse ato de religião sensibilizaria a maioria dos índios, que eram quase todos cristãos, e salvaria a vida daqueles que se apresentassem de alguma maneira sob a guarda da religião.

O que previram aconteceu. Todos os que os seguiram foram poupados. Nicolas apenas ameaçou os missionários com os maiores suplícios caso se envolvessem com os negócios em curso. Achando que eram por demais numerosos, mandou a maior parte para Buenos Aires. Ele não tinha dúvida de que a revolução que acabara de promover se faria conhecida: assim, julgava não correr risco algum conduzindo-os até lá. Para aqueles retidos por questões políticas, encarregou alguns índios leais de velar por suas condutas e instruí-lo sobre exatamente tudo o que esses religiosos fizessem ou dissessem. Nisso foi bem servido, pois fez morrer vinte e cinco em dezenove dias, sob diferentes pretextos.

Capítulo XIV
Nicolas se faz proclamar Rei do Paraguai

Nicolas, orgulhoso de um sucesso tão fulgurante, ousou atribuir-se o título de rei do Paraguai. Os índios, que acreditaram estar libertados para sempre da dominação dos europeus, saudaram-no com grandes gritos e vívidas demonstrações de alegria. Foram até mesmo cunhadas nessa ocasião várias medalhas, que vimos com indignação na Europa.

A primeira dessas medalhas mostra, de um lado, Júpiter fulminando os Gigantes e, do outro, vê-se o busto de Nicolas I com estas palavras: *Nicolas I. Rei do Paraguai.*

A segunda medalha mostra um combate sangrento, com os atributos que caracterizam a fúria e a vingança. Na epígrafe, leem-se estas palavras: *A vingança pertence a Deus e àqueles que ele envia.*

Capítulo XV
Conquistas de Nicolas I

Encorajado por essa primeira vitória, e ainda mais pela atração do butim, Nicolas sonhava com novas conquistas. Muito desejou tomar Buenos Aires: mas, acreditando-se muito fraco para tal empreitada, virou suas armas em direção às *reduções*. É assim que se chamam os estabelecimentos que os padres jesuítas formaram no meio desses países bárbaros. Foi à província do Uruguai que direcionaram pela primeira vez os olhos para realizar a grande obra que planejavam. O desejo dos jesuítas era conquistar para J. C. tão vastos territórios, onde o verdadeiro Deus não tinha sequer um adorador. Nada tão grande, tão heroico quanto esse projeto; era digno do zelo o mais apostólico, desse zelo que, de fato, só a religião pode inspirar e sustentar em meio aos maiores perigos.

A província do Uruguai, situada a leste do Paraguai, é cercada por uma cadeia de montanhas ao pé das quais se vê uma fértil e agradável planície, onde há um rio, cujo nome foi passado a esse país, que toma o espaço de quase duzentos e cinquenta léguas. É nas encantadoras margens desse rio que os missionários estabeleceram as primeiras reduções. Contam-se hoje mais de trinta, compostas cada uma de mais de setecentos ou oitocentos habitantes. É com sofrimentos inacreditáveis que os missionários conseguiram civilizar esses miseráveis índios e ensiná-los a cultivar a terra. Tiveram finalmente êxito, com tempo, zelo e paciência; e há redução que supera muitas cidades da Europa pela admirável ordem ali observada, pela força de seus habitantes, pela abundância das coisas necessárias à vida e mesmo pelas riquezas. É verdade que não são poucos particulares que têm o supérfluo, enquanto a outros particulares faltam as coisas mais necessárias à vida. Essas riquezas são para todos os índios reunidos num mesmo lugar: é uma espécie de tesouro público, do qual se tira socorro para aqueles que estão na indigência.

Foi para aquele lado que Nicolas dirigiu sua marcha. Quando saiu da Ilha de S. Gabriel, tinha às suas ordens cerca de cinco mil homens, todos gente determinada e pronta aos maiores crimes. Mas fizera apenas cinquenta léguas terra à dentro quando uma inacreditável turba de bandoleiros de todas as nações, de europeus e índios, veio oferecer seus serviços a um chefe tão digno. Nicolas os recebeu com distinção proporcional a sua audácia e intrepidez. No entanto, como se via à frente de quase dezoito mil homens, acreditou que era melhor dividir esse exército em dois corpos e ladear em duas colunas o rio do Uruguai.

Um certo Mário, que havia conhecido na Espanha, pareceu-lhe capaz de ter sob seu comando cinco mil homens, que separou do grosso do exército. Esse Mário tinha servido algum tempo em seu país no posto de sargento e partira porque, tendo desertado várias vezes, merecia a morte de acordo com as leis da disciplina militar.

Deve-se admitir que foi uma felicidade para Nicolas ter encontrado tal homem nos desertos do Paraguai; pois, como ignorava totalmente a arte da guerra, seus índios, por não entenderem as evoluções militares, marchavam e combatiam em desordem. Foi o que levou Nicolas a estacionar próximo à S. Domingo, redução vultosa a qual ele arruinou inteiramente, a fim de que Mário pudesse disciplinar aqueles bárbaros, dividi-los em companhias, ensiná-los a unir-se num combate, a marchar avante, a reconhecer seus oficiais e a dar atenção às diferentes ordens que recebiam, a fim de executá-las fielmente.

Enquanto isso, Nicolas, que ainda não era mais do que um rei perdido na multidão, decidiu adotar ornamentos apropriados a sua nova dignidade. Cobriu os ombros com um manto escarlate cujos botões eram de couro dourado. Tinha um largo cinturão de seda verde, decorado com vários pedacinhos de vidro, que é um grande ornamento naquele país. Em seu flanco, tinha suspenso uma grande faca que só fora manchada com o sangue dos seus; pois, quando é ofendido, ele sabe oferecer justiça a si próprio da maneira mais terrível. Contam-se até cento e sessenta índios mortos pela sua própria mão por não terem, pela ausência de inteligência, executado bem as suas ordens. Ele escolheu igualmente guardas que o escoltavam com um fausto ridículo no meio dos desertos do Novo Mundo. Exigia ainda ser carregado por escravos, e era uma honra ser escolhido para tão nobre emprego. Um europeu precedia esse cortejo pomposo, com a espada alta e ameaçando de morte quem não obedecesse ao rei seu mestre.

Diz-se, no entanto, que em dias de batalha ele se contenta em comandar e combater por meio de seus generais. Seja razão política, seja covardia, ele não mais expõe uma cabeça tão preciosa aos perigos inseparáveis das expedições militares. É um rei do Oriente que faz a guerra de dentro de seu harém.

Capítulo XVI
COMBATE ENTRE NICOLAS I E QUATRO REDUÇÕES QUE O PERIGO REUNIU

A marcha desse rei fantasma lançou a consternação no seio das reduções. Os missionários sabiam o que tinham a temer de uma tropa de furiosos que não respiravam senão o sangue e a carnificina. Com a tempestade prestes a desabar sobre eles, os missionários se reúnem e deliberam sobre o que deveriam fazer para conjurá-la. Foi decidido que iriam ao encontro de Nicolas para tentar convencê-lo de que não atacasse pobres índios que nunca o haviam ofendido e que de nenhum modo se opunham a sua passagem.

Escolheu-se para isso oito missionários, que se fizeram seguir de cem robustos índios carregados de refrescos e de tudo aquilo que havia de mais precioso nas reduções. Assim que chegaram às vistas do campo de Nicolas, dois missionários avançaram com confiança e solicitaram falar com o chefe.

Esses missionários foram conduzidos à tenda do capitão da guarda. Era um inglês que havia cruzado o mar com o propósito de manter certa distância entre si e o cadafalso. Apareceu, enfim, depois de fazer esperar longamente os deputados, e recebeu os padres com um desdém insultante. "É o que bem lhes convém", disse-lhes em espanhol, "ousar resistir ao maior rei do mundo. Se acreditar em mim, ele os exterminará a todos." Tendo um dos padres tentado responder que jamais pretenderam opor-se a Nicolas, que vinham suplicar-lhe não serem tratados como escravos, ele o interrompeu brutalmente, ordenando que o seguissem.

Havia uma barricada tripla em torno da tenda de Nicolas. Eram grandes trincheiras de uma profundidade surpreendente. Trezentos índios acantonavam-se no fundo de cada fossa. No centro dessa circunvalação havia uma tenda, ou edifício móvel. Só podia ser alcançada por três saídas, opostas entre elas. O bandido acreditara ter de tomar essas precauções para a segurança de sua pessoa e para inspirar respeito pela própria obra naqueles que a haviam criado.

Com os missionários enfim introduzidos no local onde Nicolas dava audiências, ele os recebeu com aquele ridículo aparato de grandeza que um vil chefe de ladrões acreditava possuir, imitando mal o cerimonial da corte da Espanha, onde nunca conhecera mais do que escudeiros.

Os jesuítas, querendo se conformar aos costumes do lugar onde estavam, e tentando dobrar um bárbaro que acrescentava ao orgulho espanhol a ferocidade de um selvagem, aproximaram-se respeitosamente e fizeram este discurso:

> Ilustre chefe de um povo livre, os índios que são vossos irmãos e que temem vossa cólera nos mandaram para vos dizer: o Deus que adoramos protege aqueles que não cometem injustiças. Quereis reduzir à escravidão infelizes que não possuem outras ri-

quezas senão aquelas que arrancam da terra avara? Nós vos enviamos frutos que nossas mãos laboriosas colheram em lugares onde anteriormente só havia espinhos e serpentes. Possam estes presentes campestres vos serem agradáveis e desviarem por sobre nossas cabeças as flechas de vossos assustadores guerreiros. Os hábitos negros* nos garantem que sois nosso irmão em J. C. e que não quereis nos perder.

Nicolas respondeu em poucas palavras: "Que as reduções não se oponham a minha passagem, ou respondereis por isso. Deus abandona este país àqueles que sabem combater e vencer".

Nicolas afetava esse tom oriental inspirado por alguns maus livros que lera enquanto era porteiro de uma casa jesuíta. Acreditava que isso acrescia à dignidade do personagem que interpretava. Suas respostas eram sempre misteriosas. Havia, no entanto, política nessa conduta, e mais ardileza do que estaríamos tentados a esperar em tal homem.

Os missionários retornaram contentes, pois lhes parecia que os presentes haviam sido bem

---

* Os jesuítas.

recebidos. Os grandes da corte de Nicolas pareciam encantados com algumas centenas de facas, tesouras e coisas semelhantes que os jesuítas haviam distribuído antes de partir. Mas esses padres contavam, sobretudo, com a proteção de uma espécie de primeiro-ministro de Nicolas. Eles o haviam atraído ao presenteá-lo com um colchete de prata e uma bela faca cujo cabo era trabalhado com bom gosto.

Esse novo vizir ainda não havia visto nada de tão belo no palácio ambulante de seu mestre. Prometeu, então, paz aos jesuítas, e diz-se mesmo que os defendeu bastante frente a Nicolas, mostrando os presentes que lhe haviam ofertado. Mas Nicolas, sabendo que esse índio tinha bastante crédito sobre o espírito dos selvagens, e temendo que seu ardor esfriasse, disse-lhe em poucas palavras: "Cacique, enganam-te. Os hábitos negros têm quartos repletos de curiosidades semelhantes. Se formos aonde moram, poderemos escolher".

Essas poucas palavras reavivaram a coragem do estúpido índio. Fizeram brilhar aos olhos dos seus as liberalidades dos jesuítas; e aquilo que os padres acreditavam garantir-lhes uma paz duradoura foi, justamente, o que jogou sobre eles o peso da mais funesta e sangrenta guerra. *Non hos servatum munus in usus*.[3]

Os jesuítas acabavam de consolar seus queridos índios quando a alegria que espalhavam entre eles converteu-se rapidamente em tristeza e luto. Viram-se chegar às reduções, de todas as partes, aqueles neófitos encarregados de andar pelos campos para prevenir as surpresas. Eles proclamavam que um formidável exército avançava em direção às reduções e que as atrocidades cometidas por tais bandidos eram inacreditáveis. Eles diziam que muitos dentre eles haviam sido devorados por aqueles antropófagos. Em suma, contavam coisas capazes de amedrontar uma população pusilânime, sempre suscetível à impressão que nela causam as narrativas extraordinárias.

Reunindo-se em conselho de guerra, os corregedores e os jesuítas resolveram que reuniriam todos os índios capazes de lutar, que se distribui-

---

3 Do latim, "Não funcionou como planejado". (N. T.)

riam armas e que avançariam em ordem no campo de modo a defender as reduções.

Mas mal tinham avançado uma légua e viram o exército de Nicolas, que marchava a curtos passos e em ordem de batalha.

Os corregedores, tendo disposto suas tropas o mais vantajosamente que podiam, enviaram um porta-voz na direção de Nicolas para perguntar se ele trazia a paz ou a guerra. Mas, mal chegado à mira da guarda avançada do inimigo, o enviado foi morto por um português com um tiro de fuzil.

Cometida tal barbárie à vista dos corregedores e dos jesuítas, não restava dúvida de que teriam de enfrentar um inimigo assaz feroz e sanguinário. De fato, assim que os dois exércitos se encontraram em presença e ao alcance da mosquetaria, um grupo de aventureiros, comandado pelo capitão da guarda, de quem já falamos, veio jogar-se com fúria sobre as tropas das reduções. O choque foi duro, e poucos dentre os bárbaros escaparam da espada dos neófitos. É verdade que os vencedores pagaram caro essa vantagem, pois perderam perto de seiscentos homens de suas melhores tropas: porém mais funesto do que uma derrota completa foi a morte do cacique d. Luís de Marica. Esse bravo homem, tendo se exposto demais para comandar durante o primeiro fogo, recebeu uma flechada na têmpora direita e dela morreu na hora. Os soldados indígenas, apesar de naturalmente muito bravos, vendo-se sem general, perderam completamente a coragem. Foi nesse momento crítico que o grosso do exército de Nicolas caiu sobre as tropas das reduções. Elas quase não reagiram; debandaram, lançando gritos abomináveis e pedindo proteção nas orações dos missionários. Foi uma carnificina assustadora. Mas o que aconteceu em seguida nas reduções é digno de lágrimas eternas. Abandonemos ao esquecimento mais profundo as profanações, os sacrilégios e os horrores que essas tristes terras testemunharam. Não poderíamos descrevê-los sem envergonhar a humanidade. Essas abominações foram tais que huronianos ou canibais[4] de

---

4 Na edição alemã de 1756, cujo texto é semelhante às primeiras edições francesa e italiana, há duas notas de pé de

sangue-frio teriam sido tomados pelo horror. Com as quatro reduções, que se reuniram para evitar a infelicidade conjunta, e todos os missionários tendo sido inumanamente massacrados, Nicolas lançou-se como uma torrente impetuosa

---

página ausentes nas outras, nas quais se explica o que são "huronianos" e "canibais": "Os huronianos foram um povo da América do Norte e do Canadá, ou melhor, Nova França. Eles eram selvagens e as informações que temos dessa região nos dizem que foram aliados dos franceses. Eles amontoam os mortos em túmulos e nunca assumem os nomes de seus pais. Preparam o trigo de mais de vinte maneiras diferentes, sem usar mais que água e fogo. Têm grande inclinação para o roubo [...]. Suas mulheres usam correntes e braceletes e demais ornamentos, que eles chamam de 'marachias' e que também usam no cabelo e nas orelhas. De resto, são parecidos em seus costumes e aparências aos outros canadenses". "Os canibais, ou caraíbas, são povos que viviam nas ilhas Antilhas, mas somente alguns deles eram consanguíneos. Comiam os prisioneiros de guerra vivos, depois de terem passado fome, voluntariamente, durante dias. Também devoravam os inimigos que ainda restavam no campo de batalha. Não celebravam missa, porém odiavam ser mesquinhos. As frequentes incursões dos europeus, principalmente dos franceses, tornaram-nos mais civilizados e socializados." Cf. *Nicolai des Ersten, Ronigs von Paraguay und Ransers der Mamelucken*, p. 3-4. (N. T.)

sobre todos os povoados que se localizavam entre o Paraná e o Uruguai. Foram por toda parte as mesmas devastações e, infelizmente para esses povos desafortunados, Mário secundou muito bem o infame malfeitor a cuja fortuna ele se atrelara.

Chegado o rumor das vitórias de Nicolas até os mamelucos, essas gentes deputaram uma célebre embaixada e o convidaram a ir a São Paulo, para lá estabelecer a sede de seu império.

Não será fora de assunto dar uma descrição abreviada dessa cidade e dos costumes de seus habitantes.

A cidade de São Paulo, que chamam igualmente Piratininga, situa-se para além do Rio de Janeiro e em direção ao Cabo de São Vicente, na extremidade do Brasil. Foram os portugueses que construíram essa cidade; mas mal se haviam instalado, aconteceu com eles o que acontecera aos antigos romanos: faltaram-lhes mulheres. Viram-se assim obrigados a tomá-las dos índios. Desses casamentos bizarramente combinados nasceram crianças com todos os defeitos de suas mães, e talvez os de seus pais, sem nenhuma de suas virtudes. A segunda geração estava já em tal descrédito que as cidades vizinhas acreditaram cair em desgraça se continuassem a viver em comércio com gentes tão corrompidas. Para marcar o supremo desprezo que tinham por eles, foi-lhes dado o nome *mamelucos*, pelo qual são conhecidos desde então.

Já há muito tempo livraram-se do jugo de Portugal e não obedecem mais aos governadores enviados a esse país pelo Rei Mui Fiel. Formou-se então nessa cidade uma espécie de república, que tem suas leis e seu governo particular.

Ainda é bom salientar que essa cidade se formou, como a Roma Antiga, do rebotalho de todas as nações. É o asilo de todos aqueles que fugiram dos suplícios devidos a seus crimes, ou procuram levar impunemente uma vida licenciosa. Os negros fugitivos, os ladrões, os assassinos estão certos de serem ali bem recebidos.

A situação avantajada de São Paulo e as fortificações que os habitantes ali construíram fizeram que os reis de Portugal perdessem a esperança de recolocar essa cidade em boa ordem; e ainda hoje, se os mamelucos pagam um quinto do ouro que tiram de suas minas ao Rei Mui Fiel, eles fazem questão de, ao pagar, protestar que são independentes, e que aquele é um presente que oferecem ao rei de Portugal, para testemunhar do respeito que têm por sua sagrada pessoa.

Capítulo XVII
Nicolas I, reconhecido Rei do Paraguai e Imperador dos Mamelucos

Não nos surpreende que os mamelucos, impressionados com o resplendor das conquistas de Nicolas, tenham lhe oferecido a cidade de São Paulo e a Coroa Imperial. Essas gentes, que viviam elas próprias de bandidagens, ficaram satisfeitas por achar um chefe qualificado. Foi na Ciudad Real que os enviados de São Paulo o encontraram e lhe fizeram as ofertas mais brilhantes e mais lisonjeiras.

Nicolas apressou-se a ir à tal cidade. Encarregou um de seus principais oficiais de construir viaturas às margens do Paraná e carregá-las com o butim imenso que ele havia embarcado sobre esse rio em balsas e barcos de transporte usados nesse país. Quanto a ele, partiu à frente de seis mil homens de elite e fez sua entrada em São Paulo a 16 de junho de 1754, com toda a pompa de um grande rei que triunfa sobre seus inimigos, após terminar uma guerra justa e legítima. Diz-se que, a 27 de julho seguinte, ele foi coroado Imperador dos Mamelucos na principal igreja de São Paulo (pois há nessa cidade muitos religiosos, assim como muito pouca religião), onde todos os habitantes lhe juraram fidelidade. Divulga-se ainda que ele faz trabalhar sobre um código de leis, apropriadas sem dúvida aos costumes e ao caráter do soberano e dos súditos. De resto, como não sabemos nada de mais detalhado sobre Nicolas I, e aguardamos ansiosamente por novas memórias, daremos continuidade a esta história assim que as tivermos recebido.

FIM

Últimas notícias vindas do Paraguai

Nota da tradutora

A continuação dessa narrativa foi extraída da segunda edição italiana da história de Nicolas,[5] também de 1756, na qual o autor (ainda anônimo) afirma ter recebido novas notícias da América, através de cartas enviadas de Buenos Aires e de uma relação escrita por um religioso, e dá continuidade à saga de Nicolas, agora Imperador dos Mamelucos. O "Aviso ao leitor" que abre essa segunda edição italiana encontra-se somente na

---

5 *Storia di Niccolò Rubiouni, detto Niccolò Primo, Re del Paraguai ed Imperatore de' Mamalucchi, con aggiunte ricavate dalle lettere ultime del Paraguai.*

edição de Lugano, e não existe na edição dita de São Paulo. O restante do texto é o mesmo das outras edições italianas, traduzidas do francês.

Aviso ao leitor

A primeira edição italiana[6] da história de Nicolas Rubioni, que se fez proclamar Rei do Paraguai e Imperador dos Mamelucos, não traz os muitos fatos recentes que completam a história até 1755. Assim, publica-se agora esta segunda edição para satisfazer a curiosidade daqueles que querem todas as informações sobre as ações desse famoso conquistador. Os fundamentos destes anexos são duas cartas escritas de Buenos Aires a 4 de se-

---

6 Esta primeira edição italiana é semelhante às edições francesa e alemã de 1756, usadas na tradução anterior, e termina no capítulo XVI, sem adendos. (N. T.)

tembro e 9 de novembro de 1755, chegadas a Londres, em junho de 1756, em um navio mercantil comandado por William Hooker e acompanhadas de uma relação, em forma de carta, escrita por um religioso da Companhia de Jesus na data de 29 de julho de 1756, em Madri, a um seu correspondente em Roma.

Diário

Do que aconteceu a Nicolas, chamado Rei do Paraguai e Imperador dos Mamelucos, de 16 de junho a 19 de agosto de 1754, extraído de duas cartas, de 4 de setembro e 9 de novembro de 1754

Ainda que a fortuna tenha sempre acompanhado Nicolas em seus projetos, ele continua vigilante e cuidadoso, não perdendo qualquer oportunidade propícia à ampliação de seu império e à garantia de sua possessão. Ele fez sua entrada na cidade de São Paulo a 16 de junho de 1754 e lá ficou até 19 de agosto, ou seja, até a mudança de estação, já que na metade desse mês, na América Meridional, localizada entre o Equador e o Trópico de Capricórnio, começa o fim do inverno, que mesmo num país quentíssimo ainda é bastante desconfortável, especialmente à noite, em razão de ventos muito frios que vêm do Mar Magellanico e penetram por toda a extensão da América Meridional.

A cidade de São Paulo estava aprovisionada de muitos víveres quando ali entrou esse usurpador. No entanto, precisando sustentar não apenas os habitantes e seus escravos, mas também todo o exército, uma parte do qual havia chegado no dia 17, todas as provisões seriam logo consumidas se não houvesse regulamento prudente, proporcional à amplitude dos planos. Assim, Nicolas convocou para 18 de junho uma grande assembleia de caciques, ou chefes da cidade de São Paulo, que eram dezessete, dos quais onze eram mestiços oriundos do país original, ou seja, descendentes daqueles primeiros portugueses que ali se estabeleceram. Os outros cinco eram: dois ingleses, Peter Cooper e Jack Disney; um francês chamado

Antoine de Forville; um espanhol, dito Francisco Alvarezza; e um novo português de nome António Vasco.

Essa reunião foi realizada na grande sala do Palácio da Cidade, onde já residira o governador de Piratininga, ou de São Paulo, antes que os habitantes o enxotassem para viverem independentes. Com todos reunidos, Nicolas compareceu à sala, precedido de 24 soldados com mosquetes ao ombro, depois dos quais vinha, portando espada nua, um capitão da guarda chamado Jorge Uvager e só então Nicolas, que vestia uma roupa muito rica de brocados, oferecida, entre outros presentes, pelos deputados que o convidaram a vir à Cidade Real para tomar o comando dos mamelucos. Seguiam Nicolas seis jovens escravos quase nus, com arcos e flechas e, em seguida, oitenta soldados.

Na sala havia o trono e, um pouco além, uma grande mesa coberta com uma toalha de algodão tingido, trabalhada em várias formas, cercada por alguns banquinhos cobertos de peles apreendidas de um mercador inglês que as traficara na

Baía de Hudson – mas com quem restaram apenas quinze. Por meses ele havia costeado a Nova França, o Canadá, o México, a Guiana e o Brasil, até São Sebastião, onde, refugiando-se de uma tempestade ao mesmo tempo que por ali passavam os mamelucos, foi surpreendido por estes e perdeu a vida e os bens.

Dois ingleses com os quais falou o autor destas memórias, e que são relativamente conhecidos em São Paulo, eram marinheiros desse desafortunado mercador, chamado Henry Hancock, cuja embarcação foi apreendida em outubro de 1753.

Voltando ao usurpador, posicionou-se sentado no trono, e, a seus pés, ajoelharam-se os dezesseis deputados no primeiro degrau. Doze soldados postaram-se de cada lado, e o capitão da guarda ficou em pé no terceiro degrau. O capitão subitamente fez sinal para que fossem introduzidos os intérpretes, os quais, depois de algumas curiosas cerimônias de genuflexões e mesuras, ajoelharam-se ao lado do trono, na terra nua. Nicolas, então, fez esse discurso aos deputados.

História de Nicolas I

Fiéis súditos e caríssimos amigos,

Tendo-vos os Céus inspirado a chamar-me ao vosso reino para governá-lo, ampliá-lo e defendê-lo dos insultos de vossos inimigos, eu rapidamente, deixando aos meus corajosos capitães o peso da guerra e a honra da vitória, vim à vossa cidade para nela fundar um império, que se torne mais ilustre por todo o Novo Mundo do que o são no Velho Mundo aqueles célebres reinos de Espanha e Portugal. Para tanto, vós, que sereis sempre a base de meu trono e as gemas da minha coroa, decidireis o que é preciso para a segurança da pátria, para o sustento da minha armada, para a opressão de nossos inimigos e para a glória do novo império, querendo eu ser mais vosso pai que vosso soberano. Nosso secretário virá tratar convosco e prescreverá os artigos sobre os quais devereis debater, e nos trará as resoluções que tomardes, para que tenham força inviolável de lei quando aprovadas por nós e para que de nosso trono recebam esplendor e decoro.

Essas palavras foram ditas por Nicolas em língua espanhola e em seguida traduzidas em dialeto indígena pelos intérpretes, que as deram a ler àqueles deputados que pouco ou nada entendiam daquela língua.

Em seguida foi chamado o secretário, um espanhol de nome d. Pedro Moyana, o qual, ajoelhado em frente ao trono, recebeu ordem de conversar com os deputados. Em seguida, Nicolas, com as mesmas formalidades com as quais havia entrado, deixou a sala, e ali ficaram os deputados, o secretário e os intérpretes, e, à porta, doze soldados com fuzis e dois moros.

Antes de começar a sessão, foi trazida a todos uma refeição de milho, frutas e aquavita, da qual primeiro bebeu o secretário, ajoelhando-se em direção ao trono e brindando à saúde de Nicolas. Assim também fizeram os outros. Vinte escravos, que haviam trazido a refeição, retiraram as sobras. Então o secretário pediu aos deputados informações sobre como se regulavam.

I. Na administração da Justiça contra os culpados.
II. No abastecimento da cidade em víveres.
III. No alistamento e manutenção da soldadesca.
IV. No pagamento dos tributos para a manutenção do Estado.
V. Na distribuição dos despojos tomados ao inimigo.

VI. *Na nomeação dos chefes da cidade e na definição de suas jurisdições.*
VII. *Nas questões de religião.*

Respondeu em nome de todos o mais velho dos caciques deputados, chamado Tomas Perez, dizendo que em 1709 fora criado um código para regular muitos pontos relacionados a suas políticas interna e externa e que teriam apresentado uma cópia ao novo imperador. Dito isso, calou-se; e então Francisco Alvarezza, calando os outros, disse que no Código dos seus Estatutos estava estabelecido

I. *Que os delitos passíveis de pena de morte devem ser decididos com o voto de nove deputados, e que para as penas menores basta o voto de seis. Que duas vezes por semana, na segunda e na quinta-feira, se tratavam as causas criminais, e que poucas horas depois se dava a pena.*

II. *Que os víveres não faltavam, porque os campos vizinhos eram cultivados por seus escravos, e que quando tiveram a carestia fizeram incursões ao Brasil, ao rio Paraná, na terra dos Tupinambás, e até perto do rio das Amazonas, e retornaram à casa com víveres e outras presas em abundância.*

III. Que todos os cidadãos eram soldados para defender a Pátria e inquietar os inimigos, e que em suas expedições dividiam os capazes de combater em três partes, uma das quais partia para as pilhagens, ficando as outras na cidade para defendê-la, com a obrigação de mandar socorro aos companheiros em caso de necessidade.

IV. Que até então haviam pagado poucos tributos, depois de terem abandonado o domínio de Sua Majestade portuguesa; que tinham duas minas de ouro, mas não muito abundantes; a quinta parte dos frutos dessa mina costumavam pagar ao Vice-Rei do Brasil, mas desde 1719, ano em que foi feito o último pagamento, nada mais havia sido dado ao ministro daquele rei, assim como havia sido expulso d. Ignazio Lopez, que era ministro do Vice-Rei em S. Paulo. Atualmente, a terça parte se põe na Caixa da Cidade, da qual são responsáveis dois deputados, que pagam os salários do público. Além dessa entrada dos minérios, houve uma capitação ascendente de cerca de um quarto de tecido para cada homem com idade entre 20 e 60 anos, e uma sexta parte de todos os bens recolhidos das possessões dos inimigos, ou daqueles contra os quais consideram correto guerrear.

V. As outras cinco partes da pilhagem dividem-se em três partes entre aqueles que participaram da expedição, e duas partes entre o restante dos cidadãos.

VI. Da mesma forma, todos têm parte no fruto do minério, já que neste são empregados os escravos do público. E, falando em escravos, que são cerca de 30 mil, ou seja, pouco menos que os cidadãos habitantes de S. Paulo. Dois terços deles servem nas casas particulares e reconhecem seus patrões; e os outros foram adaptados ao serviço do público.

VII. Finalmente, quando devem ser eleitos os chefes da cidade, reúnem-se os cidadãos, o mais velho de cada família, e estes elegem os dezesseis do governo, que dura dois anos. Em 1697 houve um grande conflito, que terminou em discórdia e mortes e durou quatro meses. O Vice-Rei de Portugal mandou 300 soldados acompanhados de seis mil brasileiros, de modo a estabelecer a ordem na cidade dividida. Mas Antoine Chabert, francês, e Manuel Masnata, sevi-

lhano, convenceram os cidadãos de sua iminente ruína se não se pacificassem, e assim o fizeram. E foi então estabelecido que a eleição se fizesse por votos, e que fosse punido com a morte aquele que recusasse obediência aos caciques, ou deputados eleitos, contra os quais existe apelação ao Conselho de Todos, que se reúne duas vezes por semana.

Esses regulamentos foram melhor estabelecidos no Código de 1709. Neste, é ordenado que dois deputados presidam o erário e sejam responsáveis do público; dois, chamados pacificadores, para decidir as diferenças que nascem entre cidadãos; dois que devem manter a cidade provida de víveres; dois serão chefes dos soldados, ou daqueles que estão em deslocamento perpétuo, mudando-se a cada quinze dias; dois inspetores, que cuidam das plantações de açúcar, do engenho e da erva chaminì, necessária para as bebidas; e os demais têm outras ingerências, separadas ou comuns, segundo a qualidade dos negócios.

Finalmente, professa-se publicamente em São Paulo a religião católica, ou são muitos os que a professam: já que sobre tal artigo não foi colocado em 1686 nenhum regulamento.

Essa foi a resposta mais categórica que deu Francesco Alvarezza ao secretário, que registrou de próprio punho esse discurso e depois convidou os mesmos deputados a voltarem à mesma sala no dia 27 de junho, ordenando que enquanto isso continuassem a exercer suas funções como se não houvesse um monarca (assim ele chamava Nicolas) do qual deveriam depender totalmente.

Nos dias que se seguiram, Nicolas visitou as fortificações da cidade e as duas armarias. Numa delas encontravam-se 74 canhões, 45 de bronze, de diferentes calibres, e dois de ferro, mas poucas balas, o que imediatamente fez que comissionasse sua fabricação pelos escravos. Existiam ainda mil mosquetes, mas em sua maioria antigos, de acender com pavio, e uma prodigiosa quantidade de arcos e flechas, muitas delas envenenadas.

Os depósitos de pólvora eram tão abundantes que, ao final da visita, disse Nicolas àqueles que o cortejavam: "Com essas ajudas e com súditos tão fiéis, o nosso império se expandirá rapidamente pelas terras de nossos inimigos".

No dia 27, Nicolas retornou ao trono com as cerimônias de sempre. Em seguida, fez distribuir presentes das pilhagens feitas nas reduções dos padres jesuítas – facas, tesouras, alfinetes, espelhos e também moedas – não somente aos deputados, mas também a todas as famílias da cidade, entre as quais suscitou tanta alegria que, à tarde, enquanto passeava o usurpador pelos bairros mais populares, nada se escutava além de aclamações festivas ao novo imperador.

No dia seguite, passeando como de costume com uma vara de bambu da Índia que levava à mão, tocou em alguns jovens que correram para vê-lo passar. Eram em número de 51, e receberam ordem de estar na corte quando o imperador retornasse. Obedeceram e Nicolas escolheu 24 dentre eles para servirem como seus pagens e depois mandou os outros a suas casas, depois de oferecer a cada um deles um pequeno presente.

No dia 28, fez espalhar pela cidade a notícia de que se alguém quisesse falar com o imperador, ou lhe apresentar súplica, podia fazê-lo. Mas o único a comparecer foi um velho cidadão para queixar-se de uma grave afronta cometida a uma filha sua por um dos capitães dos soldados vindos com Nicolas a Piratininga. Nicolas, de seu trono, escutou e prometeu-lhe justiça. Depois do almoço, ordenou que todos os soldados, que já chegavam a 12 mil, pegassem as armas e, à frente deles, chamou o capitão culpado, que foi rapidamente desarmado e desnudado. Fez em seguida chamar o cidadão queixoso para que reconhecesse o réu e, sem qualquer outra forma de processo, o próprio Nicolas afundou barbaramente no peito do infeliz capitão uma faca que trazia à cintura, tirando-lhe a vida.

Nos dias precedentes, Nicolas visitara frequentemente suas tropas e estava presente durante os exercícios com os quais eram disciplinados com vistas a se tornarem mais aptos à guerra. Naquele dia, depois de dar a morte ao capitão, disse aos mesmos soldados que os habitantes de São Paulo eram seus amigos e irmãos e que, assim, pelo exemplo do capitão, aprendessem com que rigor seriam punidos os insultos feitos a seus novos súditos.

Nos dias seguintes, nada aconteceu de singular, afora ter mandado matar no dia 2 de julho dezessete escravos, infelizes indígenas das reduções já subjugadas que tentavam fugir e já estavam longe de Piratininga quando foram surpreendidos por um corpo de milícia de quatrocentos homens que explorava as sertanias. Além disso, fez cortar a cabeça de dois religiosos da Companhia de Jesus, um sacerdote francês, chamado padre Louis Sorel, e um laico siciliano conhecido como Salvadore Lancia. Entendia Nicolas que ambos haviam encorajado os indígenas a fugir.

No dia 9 de julho, Mário, tenente-general de Nicolas que havia se separado com a segunda coluna, escreveu uma carta na qual relatava suas conquistas ao imperador.

Mário saqueara sete reduções postadas entre o rio Uruguai e o mar; eram elas: S. Cosme, Cristóvão, Visitação, Jesus Maria, S. José, S. Carlos e S. Teresa. Mas não conseguira submeter qualquer outra, como S. Ana, porque os neófitos, retirados aos morros e estando mais ao alto, rechaçaram os assaltantes com grande perda de homens. Prometia na carta mandar em breve uma grande parte do butim e pedia instruções para a regulação de tantos milhares de escravos, cuja custódia tornava-se pesada a seu exército.

Nicolas intimou os caciques deputados da cidade e aparentou querer regular-se com o conselho deles. Na ocasião, deixou a formalidade do trono e contentou-se em usar uma cadeira diferente, de onde permitiu aos deputados que beijassem sua mão, depois ordenando que sentassem. O resultado dessa conferência foi a resposta dada a Mário, cujo título era o seguinte: *Nicolas, pela graça de Deus, Rei do Paraguai, Imperador dos Mamelucos, Senhor do Rio de Janeiro e do Uruguai, socorro de seus vassalos e terror de seus inimigos, a Mário de Torres, Tenente de seu Exército, saúde.*

Nessa resposta, mandou Mário montar presídio nos lugares de maior importância, suprir cada lugar de presídio com provisões de boca e de guerra, e com número suficiente de escravos que não fossem habitantes da localização presidiária, e apressar sua marcha em direção a Piratininga para lá estar quando da coroação do imperador, marcada para 27 de julho, e trazer com ele todas as bagagens e os escravos. Três indígenas e um português haviam levado a carta de Mário a Nicolas, que ordenou que seu retorno fosse acompanhado por dois capitães e vinte soldados.

Nos dias seguintes, para manter exercitada a milícia, fez que construíssem algumas novas fortificações em torno da cidade de São Paulo, especialmente do lado oriental, em direção ao rio Paraná, já que no lado oposto, em direção ao Rio Janeiro e ao mar, existia uma defesa natural dos montes.

No dia 13, escoltado por 3 mil soldados, Nicolas foi visitar as plantações e usinas de açúcar e da erva *chaminì*, nas quais são empregados muitos milhares de escravos, governados tiranicamente por alguns oficiais presididos por um cacique, que dá contas a dois deputados da cidade.

No dia 16 do mesmo mês de julho, intimou de novo os caciques deputados da cidade e disse que preparassem a maior igreja de São Paulo para sua coroação e que se entendessem com seu secretário. Assim, reuniram-se no dia seguinte e na assembleia foi chamado o arcebispo da igreja maior, dedicada ao apóstolo São Paulo. Ele se chama d. Martin Ulloa, velho de 64 anos ordenado sacerdote e declarado arcebispo de São Paulo pelo monsenhor frei José Peralta, bispo de Buenos Aires, na visita feita à cidade de Santa Fé, de Correntes e outros lugares por comando do Rei Católico. O arcebispo prometeu ao dito bispo muitas coisas; mas parece que aprovava convenientemente o costume de assassinar os vizinhos e fazê-los escravos, já que o próprio tinha então vinte escravos e tomava a sua parte do butim recolhido nas excursões acima citadas.

Seguiu-se, no dia estabelecido, 27 de julho, a coroação de Nicolas, ainda que não houvessem chegado Mário e sua tropa, mas apenas mil de seus soldados, mandados como escolta de 6 mil animais de carga, entre cavalos, bois e vacas, todos carregados dos despojos tomados pelas tropas de Mário. A coroação foi feita à semelhança daquelas que se têm na Europa. O arcebispo cantou a missa solene na qual, depois do Evangelho,

História de Nicolas I

Nicolas foi sentar-se ao trono, enquanto aquele sentava-se no terceiro degrau, tendo sobre os joelhos um missal aberto, do qual aproximavam-se todos os chefes de família, que primeiro se ajoelhavam em frente ao usurpador, depois subiam um degrau do trono e, colocando a mão sobre o missal, juravam fidelidade e obediência a Nicolas I, que chamavam de seu único senhor e soberano.

A cada um foram dadas cinco moedas de ouro, uma de prata e três de cobre, que tinham, de um lado, o retrato de Nicolas[7] acompanhado

---

7 A notícia de que Nicolau fez cunhar moedas que o representavam como monarca circulou na Europa mesmo antes da publicação do livro, junto com os primeiros despachos sobre a existência de tal "rei jesuíta" publicados em gazetas como a *Gazeta de Amsterdam* e o *Mercurio Histórico y Político*, de Haia, em 1755. E algumas moedas parecem mesmo ter sido cunhadas e distribuídas por um inimigo da Companhia de Jesus, o religioso dominicano Jaime Mañalich, numa tentativa de prejudicar os jesuítas. "Toda a Itália fala do Rei do Paraguai", diz em carta de 1767 um ministro italiano. "Todos os diários se referem a ele. Em Roma se afirma, inclusive, que existem moedas que o rebelde mandou cunhar". Cf. Mitchell, Osvaldo. *Nicolas I, Rey del Paraguay*. Buenos Aires: Numismática, 1988. p. 29. (N. T.)

das palavras *NICOL. IMPER. REX INDIAR.*[8] S.A. e, do outro, um sol com estas palavras ao redor: *Novis Orbis Restitutio*.[9] Dentro da igreja postaram-se em ordem muitos soldados de Nicolas, e fora, na praça, enfileiravam-se seis batalhões, que fizeram disparos de mosquetes três vezes, aos quais fez eco o disparo dos canhões que haviam sido instalados nas fortificações da cidade. Teminada a função, os soldados se enfileiraram em fila dupla da igreja até o palácio, ao qual retornou Nicolas entre as aclamações dos cidadãos de São Paulo.

Mário, comandante da segunda coluna, que se separara de Nicolas para fazer novos saques e escravos, chegou a São Paulo no dia 4 de agosto. Todo o seu exército perfilou-se fora da cidade, enquanto Mário, com cem fuzileiros e duzentos indígenas munidos de arco e flecha, adentrou a cidade e caminhou até o palácio, onde foi recebido publicamente por Nicolas, que estava sentado

---

[8] Do latim, "Nicolas. Imperador. Rei dos Índios". (N. T.)
[9] Do latim, "Nova Ordem Instituída". (N. T.)

ao trono. Depois de algumas genuflexões, Mário aproximou-se e teve direito ao beija-mão. Foram breves as palavras de Mário e brevíssima a resposta de Nicolas, que se retirou com Mário e o secretário aos seus aposentos, onde demoraram muitas horas em conferência secreta.

Na manhã seguinte foram registrados os 26.500 escravos que trouxera Mário. Entre eles havia 3.200 mulheres, 5.100 crianças e os outros homens de idade justa, exaustos.

Foi feito ainda um registro de todo o exército, entre aquele de Nicolas e aquele de Mário, que chegava a 45 mil pessoas, distribuídas em 18 regimentos, dos quais 2 eram de soldados a cavalo e 6 mil considerados a guarda de corpo. Além desses 6 mil soldados, havia 400 guaicurus a cavalo, ou seja, índios selvagens que costumavam descer das montanhas para saquear nas planuras do Paraguai e que, em outras ocasiões, haviam destruído as prósperas populações vizinhas à cidade e diocese de Santa Fé. Esses quatrocentos soldados haviam descido de suas montanhas para darem a Nicolas o comando de sua própria nação e se uniram a Mário para serem assim apresentados ao usurpador. Nicolas quis vê-los no mesmo dia e ofereceu-lhes alguns donativos. Depois foram introduzidas no palácio vinte escravas índias, e não somente deste fato, mas também de ações precedentes, inferia-se claramente que a incontinência não era o menor dentre os vícios que dominavam o espírito de Nicolas e de seus principais ministros.

Nos dias seguintes foram feitas todas as disposições para uma nova marcha de Nicolas com seu exército para, como ele disse, subjugar seus inimigos, ou seja, devastar e saquear aquelas infelizes redondezas, destinadas pelo desdém dos Céus a serem presas desse bárbaro.

No dia 18 de agosto, Mário partiu com oito regimentos, mil soldados a cavalo e outros soldados sortidos, chegando a um total de 18 mil soldados, acompanhados de 6 mil escravos e 8 mil animais de carga. No dia seguinte, Nicolas partiu com o restante do exército, que consistia de 9 regimentos, 3 mil soldados a cavalo e outros soldados a pé, calculando-se o número de 24 mil, além de 10 mil escravos e 12 mil animais de carga. O restante dos soldados foi deixado em S. Paulo sob o comando do secretário, que recebeu o governo da cidade com ordem aos caciques, ou deputados, de obedecê-lo e instrução de criar novas leis para o regulamento do novo império.

Artigo de carta enviada de Madri para Roma no 29 de julho de 1756 e traduzida do espanhol

Todas as novidades que chegam do Paraguai são funestíssimas e, além da devastação de muitas reduções, levada a cabo com barbárie inaudita por Nicolas e seus ministros em larga área, que corre da Ilha de São Gabriel até Piratininga, ou São Paulo, onde se fez coroar e proclamar Imperador dos Mamelucos e Rei do Paraguai no mês de julho de 1754, ouvem-se muitas outras crueldades que teria praticado em setembro e outubro do mesmo ano; em dois meses devastou, como uma torrente, São José, Santo Inácio, Nossa Senhora de Loreto e até S. Francisco Xavier. Muitos índios miseráveis se retiraram ao outro lado do rio Paraná, para os montes; mas muitos mais foram feitos prisioneiros, ou vítimas desse bárbaro, que leva, aonde quer que vá, o medo e a desolação. No princípio de outubro mandara um seu capitão chamado Mário de Torres em direção ao Rio de Janeiro, para tentar apossar-se de S. Salvador; mas o comandante daquela capitania, em emboscada, destroçou 4 mil soldados desse bruto, que agora ameaça o outro com vingança a mais cruel. No entanto, o comandante português pôs em estado de valorosa defesa a sua cidade, e é homem de muita coragem e consumada experiência.

FIM

Posfácio
Fernanda Veríssimo

Essa é a história de Nicolas I, pela graça de Deus, Rei do Paraguai, Imperador dos Mamelucos, Senhor do Rio de Janeiro e do Uruguai, socorro dos seus vassalos e terror dos seus inimigos – ou de como um trapaceiro de folhetim vira Imperador de São Paulo depois de abandonar uma vida de pequenos golpes no Velho Mundo para consagrar-se como líder de selvagens na América.

O aviso que abre o livro, publicado em francês, alemão e italiano em 1756 (e posteriormente em holandês, em 1758), garante que a narrativa é real e avalizada por "Memórias recentemente chegadas do Novo Mundo". Sem esconder certa admiração pelo personagem, o autor anônimo garante que a história será ainda mais interessante ao descobrirmos que, apesar de malnascido, o famoso Nicolas concebeu vastos projetos e alçou-se do estado mais abjeto ao poder supremo, comprovando que "os grandes celerados são quase sempre homens geniais", certamente destinados a serem "heróis da humanidade" se inspirados pelo patriotismo e não guiados pela "hidra da rebelião".

Depois dessa introdução, começa uma mirabolante aventura em terras americanas que se tornou um *best-seller* na Europa no século XVIII, registrada em gazetas, publicada em pelo menos quatro idiomas e comentada por Voltaire.

Nicolas I era de fato famoso, e muitos leitores, inclusive o próprio Voltaire, consideram-no por algum tempo verdadeiro. O livreto, anônimo e mal escrito, traz algumas das grandes questões da época, num cenário que já fazia parte da imaginação coletiva europeia: a América dos conquistadores, dos jesuítas e dos conflitos entre portugueses e espanhóis. Centenas de diários de bordo, relatórios de exploração, relações de viagens, tratados científicos e cartas de missionários circulavam pela Europa do século XVIII, trazendo aos leitores as maravilhas, os horrores e, principalmente, os mitos das novas terras. As cartas dos jesuítas, em especial, informavam e influenciavam o pensamento da época. Lidas atentamente por Voltaire (que fez seu Cândido passear pelo Paraguai da Companhia de Jesus), Montesquieu e Rousseau, eram tidas como fontes de primeira mão para o debate sobre a colonização europeia na América. A literatura de viagem servia também de base para os folhetins que contavam as peripécias de aventureiros errantes e trapaceiros audaciosos que levavam suas desonestidades a todas as partes do mundo, mal ou bem conhecidas. Ser aventureiro na Europa do século XVIII é quase uma profissão, um talento do qual Casanova não é o menor exemplo. Entre personagens reais e fictícios há reis da Córsega, condes da Albânia e uma série de impostores que batem as estradas de mundos velhos e novos.

De suas origens modestas na Espanha, Nicolas seguiu os passos de tantos outros personagens da literatura popular da época. Viveu todas as peripécias e cometeu todas as trapaças de um pequeno bandido de folhetim: roubou pai e mãe, viveu do jogo, fez-se de crente para seduzir viúvas beatas, roubou nas estradas, entrou para a Companhia de Jesus para fugir da polícia, teve vida dupla como padre e marido de uma jovem inocente e, finalmente, viu-se obrigado a deixar a Espanha para evitar a cadeia ou o cadafalso. Junto com missionários jesuítas, partiu para Buenos Aires, e foi ali que começou a tramar seus funestos desígnios. Na Ilha de São Gabriel, ou Colônia de Sacramento, liderou alguns índios em revolta e expulsou portugueses e jesuítas da cidade. Gostou do papel de comandante e viu seu exército aumentar com todo o tipo de selvagens, guaranis e europeus, presentes na região. Com a reputação de monstro consolidada por mais alguns massacres, Nicolas atraiu a atenção dos brasileiros de Piratininga, ou São Paulo, que o convidaram para ser seu imperador. Afinal, os *mamelucos* estavam entre as figuras mais odientas das cartas e relatos enviados à Europa pelos jesuítas. Com o mau hábito de caçar seus escravos entre os índios da Companhia de Jesus, nossos bandeirantes eram, para os padres, não mais que carniceiros da "detestável Colônia Brasileira de S. Paulo", como a descreve Ludovico Muratori em seu *Cristianesimo Felice* de 1752 (de onde, aliás, o anônimo autor da história de Nicolas I parece tirar todas as suas informações sobre a cidade).[10] Assim, o infame protagonista deste livro deveria lhes parecer um monarca a sua altura.

Tudo isso contado com a preocupação de parecer real, com datas e nomes completos, recheado de informações históricas relacionadas, ainda que tenuamente, a eventos reais. À história de Nicolas corresponde a época da "guerra guaranítica", em que as notícias chegadas das reduções jesuítas davam conta da revolta dos índios com as negociações entre portugueses e espanhóis, as quais determinavam o abandono de reduções que até então eram território espanhol e passariam a

---

10 Muratori, Ludovico Antonio. *Cristianesimo felice*. Veneza: Giambatista Pasquali, 1752. p.63.

mãos portuguesas. O cuidado com os detalhes históricos parece ter funcionado, e a história do rei Nicolas I circulou na Europa como verdadeira. Voltaire faz referência ao suposto monarca em duas cartas de 1756 e finalmente nega a sua existência noutra, alguns meses depois. Ao banqueiro Tronchin, de Lion, ele pergunta se "é verdade que os jesuítas elegeram um de seus padres como rei do Paraguai"; e, mesmo quando já sabe que a história é fabricada, continua a mencionar o agora famoso personagem como símbolo da guerra dos jesuítas contra o Rei de Espanha.[11] Em 1755, antes mesmo da publicação do livro, circulavam nas gazetas europeias histórias sobre o tal "monarca jesuíta" e até sobre moedas que ele fizera cunhar (e que parecem, de fato, ter existido, apesar de cunhadas e distribuídas na Europa por um dominicano inimigo da Companhia). Há também dois folhetos lançados antes do livro – *Noticias de el Paraguay y de Nicolao I* e *Nuevas noti-*

---

11 Becker, Felix. *Un mito jesuítico*: Nicolas I Rey del Paraguay. Assunção: Carlos Schauman Editor, 1987. p.32.

cias, ambos de Antonio Villagordo[12] – que contavam a história em espanhol.

A cópia de um relatório de 1760 do padre Juan de Escadon, procurador da província do Paraguai em Roma, fala de um capitão de navio que chega a Montevidéu e teme desembarcar por medo de Nicolas, e relata a surpresa de outros marinheiros europeus quando descobrem que esse rei do Paraguai é apenas uma invenção. Escandon diverte-se ao contar que em Roma, em 1758, perguntaram-lhe seriamente *"en que estado quedavan en la America las cosas del Rey Nicolau"*.[13] Outros relatos falam de um cacique que de fato existiu, Nicolas Ñeenguiru, como sendo "o famoso Rey do Paraguai". A narrativa era suficientemente difundida como verdadeira para que Robert Southey,

---

12 Mitchell, Osvaldo. *Nicolas I, Rey del Paraguay*. Buenos Aires: Numismática, 1988. p. 26
13 *Relación de los sucesos del Paraguay con motivo del Tratado entre la Corte de España y Portugal, trasladada fielmente del original del Padre Juan de Escandon Procurador General de las Misiones del mismo Paraguay*. (Manuscrito identificado como cópia de um relátorio de 1760 do padre Escadon, consultado nas bibliotecas Guita e José Mindlin.)

autor da primeira história do Brasil (publicada em Londres entre 1810 e 1819), achasse necessário falar dela e declará-la falsa. Em várias edições, o lugar de impressão é dado como São Paulo, origem evidentemente falsa, já que a América portuguesa só seria autorizada a possuir e utilizar prensas mais de cinquenta anos depois. A edição francesa de 1761 dá o local de impressão como Buenos Aires, mas essa origem também é falsa – a capital argentina teria a primeira prensa em 1780.

Independentemente de sua veracidade, o sucesso do livro talvez se deva à junção de dois gêneros populares naquele período: as narrativas de aventureiros viajantes e os ataques aos jesuítas, tendo em Nicolas um personagem de trajetória reconhecível – a do aventureiro que passa pela vida eclesial antes de se lançar às mais incríveis façanhas.[14]

---

14 Roth, Suzanne. *Aventure et aventuriers au XVIIIe siècle*: essai de sociologie littéraire. Lille: Service de Reproduction des Theses, Université de Lille III, 1980. t.I.

História de Nicolas I

Para os jesuítas, a história de Nicolas era mais uma maneira de desonrá-los, um entre os muitos ataques que sofriam na época. A história foi comentada e combatida por diversos cronistas da Companhia, como Cardiel, Peramas e Dobrizhoffer,[15] ainda que os jesuítas também figurem como vítimas do famigerado imperador, cujo exército cai "como uma torrente impetuosa sobre todos os povoados que estão entre o Paraná e o Uruguai", praticando "profanações, sacrilégios e horrores que não podem ser descritos sem envergonhar a humanidade".[16]

É verdade que uma edição francesa posterior, de 1761, usa a história só com o propósito de atacar a Companhia, resumindo as aventuras de

---

15 Cardiel, José. *Las misiones del Paraguay*. Coleção Crónicas de América. Madri: Ed. Historia 16, 1989; Peramas, José Manuel. *La Republica de Platon y los Guaranies*. Buenos Aires: Emecé Editores, 1946; Dobrizhoffer, Martin. *An Account of the Abipones*: an equestrian people of Paraguay. Londres: John Murray, 1822. v.1.

16 Combat entre Nicolas I. & quatre réductions que le danger avoit réunies. In: *Histoire de Nicolas I, Roy du Paraguai, et Empereur des Mamelus*, 1756.

Nicolas e acusando os jesuítas de literalmente proclamarem-se reis do Paraguai. Mas a história circulada em todas as outras edições não só não ataca os jesuítas como, ao contrário, os considera protetores dos índios. Os vilões são, isso sim, os impérios europeus, contra quem o livro não mede palavras:

> É suficientemente sabido [...] que nada se compara à antipatia que os índios naturalmente têm pelos espanhóis e pelos portugueses: mas, devemos admiti-lo, não sem razão. Quem de fato ignora que os europeus, quando de suas conquistas no Novo Mundo, ali estabeleceram sua dominação imolando à sua raiva milhões de infortunados selvagens, cujo único crime fora combater pela religião de seus pais, e pela pátria. Aqueles deixados vivos foram reduzidos à escravidão e confinados em minas, onde a avareza insaciável de seus novos mestres os sobrecarregava de trabalhos e maus-tratos. É daí que nasceu no coração dos índios, fugidos dos ferros dos vencedores, esse ódio implacável que juraram contra eles. Suas almas, atormentadas pelo espetáculo assustador de crimes desconhecidos no seio da barbárie, não podem ser tocadas pelas propostas que lhes são feitas de tempos em tempos, para instruí-los nas verdades santas da religião. Mesmo o exemplo das

prósperas reduções que os jesuítas estabeleceram no meio das florestas, e nos lugares os mais selvagens, não os impressiona. Mal acreditam em seus semelhantes quando estes lhes pintam a felicidade da qual gozam nestes novos estabelecimentos.[17]

O livro é bem conhecido por historiadores brasileiros, mas nunca foi publicado em português. Uma edição chilena de 1964 tem prefácio de Sérgio Buarque de Holanda,[18] que se baseia nas afirmações do padre Cardiel,[19] conhecido cronista da experiência missionária jesuíta, para concluir que o Nicolas fictício tinha realmente como origem a figura de um cacique chamado Nicolas Ñeenguiru.[20]

---

17 Révolte des indiens, ibid.
18 *Historia de Nicolas I, Rey del Paraguay y Emperador de los Mamelucos*. Série Curiosa Americana, n.3. Santiago: Faculdad de Filosofia y Educacion, Universidad de Chile, Centro de Investigaciones de Historia Americana, 1964.
19 Cardiel, J., op.cit.
20 Há pelo menos dois caciques com esse nome na história das missões jesuítas: o primeiro, um líder nas batalhas contra os mamelucos; e o outro, mais de cem anos depois, líder na guerra contra as coroas ibéricas.

Em tese de doutorado, o alemão Felix Becker aventa outras explicações, dando à narrativa uma possível intenção antimonarquista.[21] Há também quem identifique nas aventuras de Nicolas traços de famosos personagens da época, sugerindo, por exemplo, que as peripécias europeias do futuro "imperador" refletem a vida do jovem Jean-Jacques Rousseau.[22] Não seria o primeiro panfleto anônimo a ironizar celebridades do século XVIII, mas é mais provável que o livreto, seguindo o modelo de tantas outras aventuras da época, tivesse como principal objetivo satisfazer um público interessado em personagens e cenários exóticos. A autoria do livreto, no entanto, nunca foi descoberta, e as sugestões de alguns pesquisadores – como a de que o autor seria um inimigo de Rousseau ou algum ex-jesuíta em busca de vingança – carecem de provas ou credibilidade.

---

21 Becker, op. cit.; Cardozo, Efaím. *Historiografia paraguaya*. Cidade do México: Instituto Panamericano de Geografia e Historia, 1959. p.381-2.

22 Mitchell, O., op.cit. p.29.

O relato da terrível ascensão de Nicolas fez tanto sucesso que mereceu continuação. O texto original de 1756, presumivelmente a primeira versão em livro dessa história, termina com o imperador Nicolas chegando a São Paulo e promete "dar continuação a esta história, assim que a tiver recebido". E é o que fazem duas edições italianas de 1756, publicadas em Lugano e em Veneza, ao adicionarem à narrativa original novidades "que acabam de chegar" sob forma de cartas e do relatório de um padre jesuíta, de modo a "satisfazer a curiosidade daqueles que querem ser mais informados das ações desse famoso conquistador".[23] Nesse anexo da edição italiana, descobrimos os esforços de Nicolas para estabelecer leis para a administração da cidade de São Paulo – missão inglória até mesmo para um déspota sanguinário, que se vê confrontado com uma sociedade formada,

---

23 *Storia di Niccolò Rubiuni, detto Niccolò Primo, Re del Paraguai ed Imperatore De' Mamalucchi*. 2.ed. acrescida de *Lettere ultime del Paraguai*. Lugano: [s.e.], 1756. p.5.

como Roma Antiga, do rebotalho de todas as Nações. É o asilo de todos aqueles que fugiram das suplícias devidas a seus crimes, ou que procuram levar impunemente uma vida licenciosa. Os negros fugitivos, os ladrões, os assassinos, estão certos de serem bem recebidos. [24]

Incluí esses adendos ao final deste livro, juntando pela primeira vez à narrativa original das aventuras de Nicolas a continuação tão esperada pelos leitores da época.

Para melhor compreender essa segunda parte das aventuras de Nicolas, é importante conhecer a figura do "mameluco" – termo que vem do árabe *mamluk*,[25] mas subsequentemente popularizado como habitante de São Paulo. Evocado e temido em quase todas as narrativas jesuítas sobre a implantação das missões no Paraguai, o nefasto "mameluco", ou ainda "bandeirante" e "paulista", é a *bête noire* do projeto missionário.

---

[24] Combat entre Nicolas I & quatre réductions que le danger avoit réunies. In: *Histoire de Nicolas I, Roy du Paraguai...*

[25] Geralmente referindo-se a um soldado escravo, em especial como parte de uma casta militar egípcia surgida no século XIII (cf. Ayalon, David. *The Mamluk Military Society*: Collected Studies. Londres: Aldershot, 1979).

Conflitos entre jesuítas e colonos paulistas sempre foram evidentes na cidade de São Paulo e em seus entornos, onde os religiosos não eram apenas vistos como um obstáculo à obtenção de mão de obra indígena, mas também como um poderoso concorrente pelas terras produtivas. Em 1640, com a expulsão dos jesuítas e o confisco de suas propriedades, os religiosos passam a usar com mais frequência os termos injuriosos que encontraremos nas narrativas posteriores sobre essa região e seus habitantes. *Mamalucos del Brasil*, escrevia o autor jesuíta Francisco Jarque no final do século XVII, eram gente belicosa e sem lei, que só tinham de cristão o batismo e eram mais carniceiros que os infiéis.[26] "Nem os mouros, nem os judeus nem os hereges se comportam com uma tal insolência, desumanidade e tirania", dizia ele, afirmando que "parecem con-

---

26 Jarque, Francisco. *Insignes misioneros de la Compañia de Jesus en la Provincia del Paraguay*. Estado presente de sus misiones en Tucumàn, Paraguay, y Rio de la Plata, que comprehende su Distrito... Pamplona: Juan Micòn, 1687. t.I. p.59.

taminados por uma seita pestilenta."[27] Em *Il cristianesimo felice*, de 1752, Ludovico Muratori descreve os "flagelos dos *Mammaluchi*" e tenta explicar suas origens pela "falta de mulheres", o que teria obrigado os portugueses a "misturarem seu sangue nobre com o vil sangue dos bárbaros, dando nascença a crianças que, mais inclinadas à condição e aos costumes das mães, degeneram de tal modo que causam vergonha a outras cidades portuguesas que, não os reconhecendo como parentes, aboliram o comércio com eles e, por desdém, os nomearam *mamelucos*, mesmo que pelos historiadores eles sejam chamados *Paulini, Pauliziani, e Paulopolitani*".[28]

O termo *mameluco* é empregado em cartas dos próprios jesuítas desde 1551,[29] mas só ganha uma definição no livro *Historia naturalis brasiliae*, do holandês Georg Marcgrave, astrônomo e bota-

---

27 Ibid., p.64.
28 Muratori, L. A., op.cit. p.63.
29 Forbes, Jack D. *African and Native Americans*: The Language of Race and the Evolution of Red-Black Peoples. Champaign: University of Illinois Press, 1993. p.169.

nista, publicado em latim em 1648. Diz ele que *"qui natus est ex patre Europaeo & matre Brasiliana nominatur* Mameluco", ou seja, que o filho de pai europeu e de mãe brasileira é chamado *mameluco*.[30] No dicionário de português e latim de Raphael Bluteau, publicado em 1712 e um dos primeiros a incorporar termos brasileiros, a definição de Marcgrave (ou Marggravo, ou, ainda, Margravio) sofre uma pequena mudança: "no Brasil", diz ele, "chama-se *mameluco* o filho de pai europeu e de mãe negra".[31] Um século mais tarde, no dicionário de língua portuguesa de Antonio Moraes Silva, mameluco é também o filho de um "índio com mulata" ou de "índio com branco".[32]

---

30 Ibid., p.72.
31 "Mameluco. No livro 8 da sua historia cap. 4 De incolis Brasiliae, diz Jorge Marggravo, que no Brasil chamao *Mameluco* ao filho de pay Europeo e may negra." In: Bluteau, Raphael. *Vocabulario portuguez & latino*: aulico, anatomico, architectonico... Coimbra: Collegio das Artes da Companhia de Jesu, 1712-1728. 8v. p.276-7.
32 "No Brasil, chamam mameluco ao filho de europeu com negra, segundo diz Margravio, mas a estes chamam mulatos; outros dizem ser filho de Índio com mulata, ou vice-

A verdade é que, independente da união que os produz, a mestiçagem desses *mamelucos* alimentava a lenda de sua selvageria e inspirava medo. O autor anônimo da fábula de Nicolas retoma o tema da degeneração racial, usando a explicação de Muratori e reafirmando que aos portugueses que fundaram essa cidade sucedeu "o mesmo que acontecera aos antigos romanos: faltaram-lhes mulheres". Do casamento com as índias, diz o autor, "nasceram crianças com todos os defeitos de suas mães, e talvez os de seus pais, sem nenhuma de suas virtudes"; assim, o nome de mamelucos lhes foi dado para "marcar o supremo desprezo que tinham por eles".[33]

A ideia da influência malsã da mistura de raças sobre o caráter dos habitantes de São Paulo

---

-versa, ou de Índio com branco." Silva, Antônio Moraes e. *Diccionario da lingua portugueza*: recompilado dos vocabularios impressos ate agora, e nesta segunda edição novamente emendado e muito acrescentado. Lisboa: Typographia Lacerdina, 1813. 2v. p.254.

33 Combat entre Nicolas I. & quatre réductions que le danger avoit réunies. In: *Histoire de Nicolas I, Roy du Paraguai...*

é repetida com frequência em comentários de cronistas da época e mesmo daqueles de uma geração posterior. O inglês Robert Southey, em sua *History of Brazil*, publicada em 1817, retoma essa percepção e afirma que a "mistura com sangue indígena, que é muito grande em todo o Brasil, era talvez maior aqui que em qualquer outro lugar".[34] Southey, no entanto, garante poder "distinguir a linguagem do exagero e da mentira" nas narrativas sobre os crimes dos *paulistas*, e considera que essa mistura na verdade "melhorou a raça, pois o espírito empreendedor dos europeus desenvolveu-se em constituições adaptadas a este país". Ainda assim, ele concede que os *mamelucos* "eram criados sem lei nem religião" e que "aventureiros, desertores e fugitivos se dirigiam naturalmente a tal lugar [São Paulo]".[35]

Mesmo longe de São Paulo, no entanto, deslocando-se mais ao sul e fundando reduções afastadas do principal território de ação dos paulis-

---

34 Southey, Robert. *History of Brazil*. Londres, Longman, Hurst, Rees, Orme and Brown, 1817. v.2. p.304.
35 Ibid., p.304-5.

tas, jesuítas e guaranis não conseguem escapar dos *mamelucos*, que continuam a segui-los e a submetê-los. Em 1639, no entanto, uma milícia indígena liderada pelo cacique Nicolas Ñeenguiru inflige uma surpreendente derrota aos paulistas na batalha de Caaçapaguaçu, abrindo caminho para que, dois anos mais tarde, jesuítas e guaranis imponham uma vitória decisiva sobre seus algozes na batalha fluvial de Mbororé, no noroeste do que é hoje o estado do Rio Grande do Sul. Depois de Mbororé, algumas outras expedições vindas de São Paulo ainda tentaram a sorte atacando guaranis reduzidos, mas é a partir dessa vitória que as reduções jesuítas do Paraguai puderam se estabelecer definitivamente nos vales dos rios Uruguai e Paraná.

Os trinta primeiros anos do século XVIII veem o desenvolvimento de numerosas missões e o estabelecimento daquilo que é normalmente chamado de "Trinta Povos", espalhados sobre um enorme território: oito no atual território do Paraguai, sete no Brasil e quinze na Argentina. Em 1708, a população das missões chegava a 100 mil pessoas, e alguns povoados tinham mais de 4 mil habitantes; em 1732, a população é de quase 150 mil pessoas.[36] É bom lembrar que a população de Buenos Aires só superou a marca de 4 mil habitantes em 1738.[37]

Num período em que a Companhia de Jesus passava por uma série de adversidades em outras partes do mundo, as reduções do Paraguai ganham importância como vitrine da ação inaciana no mundo, e seu potencial é rapidamente compreendido pela Companhia de Jesus. As cartas e as *"relaciones"* enviadas da região do Prata desde o início do século XVII são lidas pelos membros da Companhia, copiadas e distribuídas ao "povo católico", buscando suscitar o mesmo entusiasmo com o qual eram lidas as cartas da Ásia e despertar as vocações religiosas, as "vocações das Índias"

---

36 Livi-Bacci, Massimo; Maeder, Ernesto J. The Missions of Paraguay: The Demography of an Experiment. *Journal of Interdisciplinary History*, v.35, n.2, outono 2004, MIT Press. p.185-224.

37 Difrieri, Horacio A. *Población indígena y colonial in la Argentina*: suma de geografia. Buenos Aires: [s.e.], 1961. p.3-88.

conforme uma expressão da época, significando o desejo de ir pregar o evangelho entre os gentios.[38]

Paralelamente a essas cartas, os jesuítas também publicaram livros sobre as missões da América do Sul. No século XVIII, esses livros falavam especificamente sobre as missões paraguaias que, agora bem estabelecidas e desenvolvidas, já atingem dentro da Companhia e no imaginário europeu a mesma notoriedade que as missões asiáticas.

Assim, a história de Nicolas I encaixa-se em narrativas já conhecidas na Europa – das maravilhas e dos horrores do Novo Mundo, da admiração e do desprezo quase equivalentes pelos jesuítas, das façanhas de aventureiros amorais – e usa de todos os artifícios para parecer verdadeira.

Lida hoje, é divertido imaginar como essa novela era recebida pelos leitores da época. Ao cenário de um outro mundo, quase outro planeta,

---

38 Pastells, Pablo. *Historia de la Compañia de Jesus en la Provincia del Paraguay (Argentina, Paraguay, Uruguay, Peru, Bolivia y Brasil) segun los documentos originales del Archivo General de Indias extractados y anotados por el R. P. Pablo Pastells*. Madri: Libreria General de Victoriano Suarez, 1912.

transplantavam-se os conflitos e os costumes da Europa setecentista. E os sustos e delícias de uma terra sem leis deleitavam e assustavam o mundo velho. Assim como um guia de viagens sobre o próprio país, que se lê com a curiosidade de saber o que os outros pensam de nós, uma ficção tão longínqua mostra a caricatura de um país em formação visto por cidadãos de um outro tempo.

A tradução do texto inicial foi feita a partir da edição francesa de 1756 e comparada com outras cinco edições do livreto, todas encontradas na Biblioteca John Carter Brow, em Providence, nos EUA. Essa edição francesa da JCB integrava a coleção de Robert Southey e tem comentários escritos com sua letra e um *ex-libris* no verso da página de rosto; ele escreve, na página anterior à página de rosto: "I have given an account of this rascally book in the History of Brazil. Vol. 3 p. 474".[39] Na página de rosto, abaixo da data, ele escreve: "Robert Southey. Geneva. 4 June. 1857". Esse exemplar tem um erro de edição: o número

---

39 "Fiz referência a este livro vil em *History of Brazil*, v.3. p.474."

do capítulo V é erroneamente impresso IV, repetindo o anterior e, a partir daí a numeração dos títulos continua a partir de V, o que faz com que essa edição tenha XVI e não XVII capítulos, como esta edição que o leitor tem e mãos e outras pouco posteriores à original, que corrigem a numeração. No total, a JCB tem seis cópias: duas francesas ("a Saint Paul"/1756 e "a Buenos Aires"/1761), três italianas (duas com *imprint* "S. Paolo nel Brasile, si vende in Venezia"/1756, e a outra Lugano/1756), uma alemã (1756, sem lugar de impressão). Na Biblioteca Nacional da França há três edições diferentes e quatro exemplares, sendo que uma das edições não se encontra na JCB (com detalhe de um ornamento de cesta de fruta na página de rosto, mas com texto igual à edição francesa de 1756 e *imprint* "à Saint Paul").

Todas elas (com exceção da edição francesa de 1761) seguem o mesmo texto até o capítulo XVII. Incluí duas notas, presentes na edição alemã, mas ausentes das outras edições. A edição holandesa, à qual não tive acesso, segue aparentemente o texto original, ainda que seja posterior (1758).

SOBRE O LIVRO

Formato: 11,5 x 18 cm.
Mancha: 19,6 x 38 paicas
Tipologia: Adobe Jenson Regular 13/17
Papel: Off-white 80 g/m² (miolo)
Couché 120 g/m² encartonado (capa)
1ª edição Editora Unesp: 2017

EQUIPE DE REALIZAÇÃO

Edição de textos
Ricardo Inácio dos Santos (Copidesque)
Mariana Echalar (Revisão)

Diagramação e capa
Vicente Pimenta

Ilustração
Adaptação de obra de Albert Eckhout

Assistência editorial
Alberto Bononi
Richard Sanches

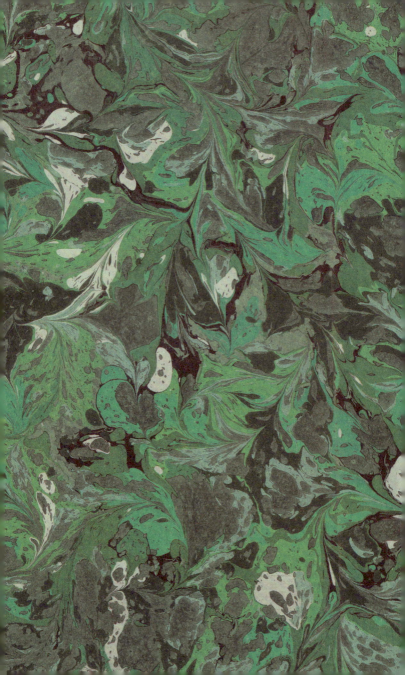